AF204313

Tucholsky  Wagner  Zola  Scott  Sydow  Freud  Schlegel
Turgenev  Wallace  Fonatne
Twain  Walther von der Vogelweide  Fouqué  Friedrich II. von Preußen
Weber  Freiligrath
Kant  Ernst  Frey
Fechner  Fichte  Weiße Rose  von Fallersleben  Richthofen  Frommel
Engels  Fielding  Hölderlin
Fehrs  Faber  Flaubert  Eichendorff  Tacitus  Dumas
Eliasberg  Ebner Eschenbach
Feuerbach  Maximilian I. von Habsburg  Fock  Zweig
Ewald  Eliot  Vergil
Goethe  Elisabeth von Österreich  London
Mendelssohn  Balzac  Shakespeare  Dostojewski  Ganghofer
Lichtenberg  Rathenau  Doyle  Gjellerup
Trackl  Stevenson  Hambruch
Mommsen  Thoma  Tolstoi  Lenz  Hanrieder  Droste-Hülshoff
Dach  Verne  von Arnim  Hägele  Hauff  Humboldt
Reuter  Rousseau  Hagen  Hauptmann  Gautier
Karrillon  Garschin
Defoe  Hebbel  Baudelaire
Damaschke  Descartes
Hegel  Kussmaul  Herder
Wolfram von Eschenbach  Dickens  Schopenhauer  Rilke  George
Bronner  Darwin  Melville  Grimm  Jerome
Campe  Horváth  Aristoteles  Bebel  Proust
Bismarck  Vigny  Voltaire  Federer  Herodot
Barlach  Heine
Storm  Casanova  Tersteegen  Grillparzer  Georgy
Chamberlain  Lessing  Langbein  Gilm  Gryphius
Brentano  Lafontaine
Strachwitz  Claudius  Schiller  Kralik  Iffland  Sokrates
Katharina II. von Rußland  Bellamy  Schilling
Gerstäcker  Raabe  Gibbon  Tschechow
Löns  Hesse  Hoffmann  Gogol  Wilde  Gleim  Vulpius
Luther  Heym  Hofmannsthal  Klee  Hölty  Morgenstern
Roth  Heyse  Klopstock  Kleist  Goedicke
Luxemburg  Puschkin  Homer  Mörike  Musil
Machiavelli  La Roche  Horaz
Kierkegaard  Kraft  Kraus
Navarra  Aurel  Musset  Lamprecht  Kind  Hugo  Moltke
Nestroy  Marie de France  Kirchhoff
Laotse  Ipsen  Liebknecht
Nietzsche  Nansen  Ringelnatz
Marx  Lassalle  Gorki  Klett  Leibniz
von Ossietzky  May  vom Stein  Lawrence  Irving
Petalozzi  Knigge
Platon  Pückler  Michelangelo  Kafka
Sachs  Poe  Liebermann  Kock  Korolenko
de Sade  Praetorius  Mistral  Zetkin

Der Verlag tredition aus Hamburg veröffentlicht in der Reihe **TREDITION CLASSICS** Werke aus mehr als zwei Jahrtausenden. Diese waren zu einem Großteil vergriffen oder nur noch antiquarisch erhältlich.

Symbolfigur für **TREDITION CLASSICS** ist Johannes Gutenberg (1400 — 1468), der Erfinder des Buchdrucks mit Metalllettern und der Druckerpresse.

Mit der Buchreihe **TREDITION CLASSICS** verfolgt tredition das Ziel, tausende Klassiker der Weltliteratur verschiedener Sprachen wieder als gedruckte Bücher aufzulegen – und das weltweit!

Die Buchreihe dient zur Bewahrung der Literatur und Förderung der Kultur. Sie trägt so dazu bei, dass viele tausend Werke nicht in Vergessenheit geraten.

# Die Chronika des fahrenden Schülers (Urfassung)

## (Urfassung)

Clemens Brentano

# Impressum

Autor: Clemens Brentano
Umschlagkonzept: toepferschumann, Berlin

Verlag: tradition GmbH, Hamburg
ISBN: 978-3-8424-0388-8
Printed in Germany

Ziel der TREDITION CLASSICS ist es, tausende deutsch- und
fremdsprachige Klassiker wieder in Buchform verfügbar zu
machen. Die Werke wurden eingescannt und digitalisiert. Dadurch
können etwaige Fehler nicht komplett ausgeschlossen werden.
Unsere Kooperationspartner und wir von tredition versuchen, die
Werke bestmöglich zu bearbeiten. Sollten Sie trotzdem einen Fehler
finden, bitten wir diesen zu entschuldigen. Die Rechtschreibung der
Originalausgabe wurde unverändert übernommen. Daher können
sich hinsichtlich der Schreibweise Widersprüche zu der heutigen
Rechtschreibung ergeben.

## Clemens Brentano

# Die Chronika des fahrenden Schülers

(Urfassung)

In dem Jahr, da man zählte nach Christi, unsers lieben Herrn, Geburt 1358, im lieblichen Monat Mai, hörte ich, Johannes, die Schwalbe früh an meinem Kammerfenster singen, als ich erwachte, und ward innig durch den frommen Morgengesang des Vögeleins erbauet, bedachte auch auf meinem Lager, wie die Schwalbe in ewiger Seligkeit lebt, gegen den kalten Winter in ferne wärmere Lande zieht, und der Heimat getreu gegen den Frühling wiederkehrt; so nicht der Mensch, der wohl viel Leid und Weh im Herzen erdulden muß, ehe ihm wieder ein freundliches Glück, ein Frühling erblühet.

Da ich so in meinen einfältigen Betrachtungen versunken war und das Vögelein auf seine Art auch immer fort phantasierte, wär ich beinahe wieder eingeschlummert, als die Wächter auf dem Münster bliesen, welches ich vorher noch nie gehöret hatte, da ich in Straßburg so früh noch nicht erwacht war. Es ward mir auch da sehr wehmütig um das Herz, denn mir fiel ein, wie nun heute mein zwanzigster Geburtstag angekommen war, und wie mir es viel besser geworden als die letzten Jahre, wo ich meinen lieben Geburtstag wohl auf freiem Felde, in einem zerrissenen Mäntelein empfangen und mit einem Bissen Almosenbrot bewirten mußte. So ist es doch eine Freude, einen Geburtstag zu haben, dachte ich in mir selbsten und glaubte wohl in meiner Einfalt, die Schwalbe sei nur gekommen, mir Glück zu wünschen, wie auch der Türmer nur allein geblasen habe um mir eine Ehre zu erweisen; was doch ein eitler Wahn gewesen, da die Schwalbe bloß ihrer eignen Frühlingslust wegen gesungen und der Türmer vielleicht gerne noch eine Stunde geschlafen hätte, wenn er seinem Amte gemäß nicht um vier

Uhr des Morgens blasen müßte. Da die Bäume nun so anmutig mit ihrem zarten Laube vor meinem Stüblein im Garten rauschten, sprang ich von meinem Lager und kleidete mich nicht ohne Tränen in mein neues Gewand an, welches mir mein gütiger Ritter verehret und gestern abend durch seinen Diener auf die Kammer geschickt hatte. Es war aber dies ein feines Wammes und ein zierliches Unterkleid, so ich vorher nie getragen, und ich kam mir ganz wunderbar und stolz vor, doch währete meine Eitelkeit nicht lange. Mein zerrissenes Mäntelein, welches ich als einen Vorhang an das Fenster gehängt hatte, erleuchtete sich durch den Sonnenschein, und es war mir, als seien alle seine Löcher so viel Lippen und alle seine Fetzen so viel Zungen, die mich meiner früheren Hoffart zeihen wollten. Ich nahm mein Mäntelchen herab und legte es um und gedachte, indem ich die Treppe hinab in den Garten ging: Wie ich ein armer fahrender Schüler gewesen bin, so werde ich immer ein armer fahrender Schüler bleiben, denn auf Erden sind wir alle arm und müssen mannigfach mit unserm Leben herumwandeln und immer lernen, und bleiben doch arme Schüler. Da ich nun in den Garten gekommen war, den ich vorher auch noch nicht gesehen, denn mein gnädiger Herr Ritter war den Abend spät angekommen und ich im Dunkeln nach meinem Gemach in das Sommerhäuslein geführt worden, da ergriff mich nun neuerdings eine wunderbarliche Unruhe, denn ich war herabgegangen, um meine Morgenandacht im Freien zu verrichten, fand mich aber von dem schönen Garten, dem freundlichen Sonnenschein fast ebenso sehr als meinem neuen Gewand überrascht. Ich fand mich gleich einem neugebornen Kindlein, welches noch nicht beten kann und erst durch einige Erfahrung in der Süßigkeit des Lebens seine Händlein zum Danke falten lernet. Der fröhliche Mai, das lustige Singen der Vöglein, der helle Sonnenglanz, der über die mannigfaltigen Kräuter und Blumen ausgegossen war, alles das war mir, als hätte ich es nie vorher gesehen, und wußte auch nicht, was aus aller der Freude werden sollte. So wie die lieben Kinder durch die süßen Blumen gehen und sie brechen und Kränzlein winden und sich bei den Händen fassen und mit den Kränzlein in den Locken im Zirkel tanzen, gleichsam selbst ein lebendiger Blumenkranz, wie sie aber nicht gedenken der Frucht des heißen Sommers und des Todes im trüben Herbste und der Ruhe im kalten tiefsinnigen Winter, also wandelte auch ich armer Schelm wie ein einfältiges Kind durch den Garten und konnte vor tiefer Freude an meinem neuen Glück, des ich gestern noch nicht gedacht hatte, nicht zum Gebete kommen.

Da ich nun so in meiner Unschuld fortschritt, kam ich an ein kleines Heilgen-Häuslein, welches dicht in Gebüschen verborgen war und in dem eine Lampe brannte. Da sah ich an den Wänden sehr schöne hölzerne Bilder, die mancherlei Geschichten aus dem Leiden unsers Herrn Jesus Christus treulich abbildeten. Das größte Bild in der Mitten der Kapellen stellte den lieben Herrn dar, wie er am Ölberge kniet und betet. Dabei stund auch ein Kästlein mit vielen Heiligtümern, und ich konnte mich auch nicht länger erhalten, kniete nieder und dankte mit weinenden Augen Gott, daß er mich armen fahrenden Schüler nicht vergessen und mich durch seine ewige Barmherzigkeit erhalten und dem guten Ritter übergeben hatte, gelobte auch ferner fromm und fleißig zu sein und die Künste, die ich mit seinem göttlichen Beistand mit meinen schwachen Sinnen erlernet hatte, allezeit zu Nutzen und Frommen guter Menschen und zur Mehrung seiner Verehrung anwenden zu wollen. Da ich so gebetet hatte, legte ich zum Opfer meiner Andacht ein gülden Band zu den Füßen des Bildes, welches ich einstmal von einer frommen Einsiedlerin erhalten, der ich ein andächtiges Lied verfertiget hatte; ich hatte es seither als Zeichen in meinem Gebetbuche liegen. Dann wendete ich mich und trat wieder in den Garten, der sich mir wieder gar verwandelt hatte; so mag nichts vor dem Gemüte des Menschen Stand haben, welches alle Dinge nach sich umgestaltet. Da ich nun fromm und andächtig gewesen war, erschienen mir alle die roten, leibfarben und weißen Röslein, jene Blumen, durch die der König Asverus in seinem Schloßgarten zu Susan gewandelt, seines Zornes zu vergessen, und es war mir, als sei der liebe Gott auch durch diese Blumen gegangen und sei hier freundlich gegen mich armen Jungen geworden, denn hier an diesem ersten Morgen meines zwanzigsten Jahrs ist mir viel Licht im Herzen aufgegangen, und ist mir der Frühling zuerst ein weiser Lehrer in meinem Leben geworden.

Besonders aber hat mein Herz der hohe Münsterturm erschüttert, als ich aus einem schattigen Baumgang herfürtrat und er so allmächtig vor mir in die Wolken ragte; alles Menschenwerk hat etwas Erschreckendes, und das Gemüt muß lange darauf verweilen, bis es Trost findet. Die gewaltige Künstlichkeit dieses wunderwürdigen

Turmes hätte mich beinahe wieder niedergeschlagen, und ich gedachte bei mir mit Verwunderung, wie ich doch unter den hohen Eichen in finstern Wäldern und bei den stürzenden Wasserfällen in einsamen Tälern recht in der Einsamkeit ganz verlassen, auch wohl gar hungrig gesessen und mich doch nicht so bewegt gefühlt, als bei dem Anblick des Münsterturms. Wenn ich die Blätter und Zweige der Bäume betrachte, so frage ich nicht, wie sie da hinaufgekommen, und erschrecke nicht, wenn sie sich bewegen und hin und her neigen mit Rauschen, aber wenn ich so den ungeheuren Turm ansehe mit den vielen Säulen, Türmlein und Schnörkeln, die immer auseinander steigen und durchsichtig sind wie das Gerippe eines Blattes, ach, so kommt es mir vor wie der Traum eines tiefsinnigen Werkmeisters, vor dem er wohl selbst erschrecken würde, wenn er erwachte und ihn nun ausführen sollte; und wie nun so ein hohes Werk durch vieler Menschen Hände vollendet, ja an dem auch manches Leben sich totgearbeitet hat, wie dieser Turm dasteht, stolz und eisern, wie er kein Herz hat und keinen Verstand, ja wie er ein recht unvernünftiger Turm ist und doch dasteht, als wäre er aus sich selbst hervorgewachsen und es keinem Menschen zu danken brauche, das ist, was den Anblick mir so erschütternd machte, da doch in den Blumen und den Bäumen, ja selbst in den harten Felsen eine Seele zu wohnen scheint, welche gleich dem Menschen atmet und fühlt, sich im Frühling mit ihm erfreut und im Winter mit ihm trauert; und doch konnte ich meine Augen nicht von ihm wenden. Es ist etwas Wunderbares um des Menschen Herz, daß es immer zu dem Unbegreiflichen hinstrebt, als sei dort das Ende seiner Laufbahn, dort sei der Schlüssel zum Himmel, und alles Irdische sei bloß ein Rufen aus der Ferne, das zu unsern Ohren dringt, ein heiliger Bote Gottes, der vor unsre Augen tritt, und uns durch seinen Glanz und seine versprechende Miene ein Bild unsres zukünftigen Lebens geben muß. Also ist mir auch immer alle mein Drangsal als eine Sehnsucht nach einem bessern Leben erschienen; alle meine bittern Stunden waren die kalten duftigen Tage, die nach dem Winter kommen und denen der liebliche Frühling, ganz mit Blumen und grüner Lust bekleidet und mit der süßen Musik der Vöglein angetan, auf dem Fuße folgt.

In diesen Betrachtungen war ich wieder in den Laubgang getreten, als der Türmer auf dem Münster blies: »In süßen Freuden geht die Zeit«. Da wollte ich wieder nach meinem Sommerhäuslein gehen, sah aber meinen Herrn Ritter gar tiefsinnig unter einem Baum im Sonnenschein sitzen und hatte den Mut nicht vorbeizugehen, denn ich wußte nicht, ob ich ihn störte. Ich stellte mich darum an einen Baum in seiner Nähe bescheiden hin, nahm meinen Hut in die Hand und wartete, ob er vielleicht seine Augen nach mir wenden würde. Der Anblick meines gnädigen Herrn und Wohltäters aber erweckte ein große Ehrfurcht in mir. Er hatte ein schneeweißes Haar, über das wohl viel Sorgen mochten hingeflogen sein – ich hatte ihn gestern nicht recht gesehen, da es schon dunkelte, als er mich vom Wege aufraffte, und ich hatte lange keinen so frommen alten Ritter gesehen, der mit allen seinen Mienen ein solches Vertrauen erregte. Gott gebe, daß du so in Ehren grau werdest, dachte ich bei mir und fühlte mich mit ganzem Herz zu dem lieben Ritter hingezogen. Er aber schien sehr betrübt zu sein, seufzte auch oft und tief, und die kleinen Vöglein, die über ihm in den Zweigen so lustig sangen, konnten ihn nicht trösten.

Da ich so eine Weile nach meinem Herrn Ritter gesehen hatte, wendete er die Augen von ungefähr nach dem Orte, wo ich stand, und redete mich freundlich an mit den Worten: »Was machst du, Johannes, daß du so stille dastehst?« Worauf ich ihm höflich entgegnete: »Ich wollte Eure Ruhe nicht stören, Herr, Ihr scheinet mir in schweren Gedanken.« Der Ritter sprach hierauf: »Wie gefällt dir deine neue Heimat, bist du froh?«

»Herr, sollte ich nicht froh sein, da ich nun weiß, wo schlafen, da ich weiß, wo Brot finden und wem dienen? Da weiß ich nun auch, wo beten und wen lieben. Herr, meine Heimat gefällt mir wohl; Gott gebe, daß ich ihrer würdig sei und auch ihr wohlgefalle.«

»Johannes, deine Rede gefällt mir; wenn dir das Ernst ist, so sind wir Gesellen. Aber wenn du mir gefallen willst, was wirst du dann tun? Wirst du mir etwas geben wollen, da du nichts hast?«

»Herr, ich bin Euer Schuldner vor der Welt in Ewigkeit, denn ich kann Euch kein Wams für das Wams geben, das ich trage, aber vor Gott gebe ich Euch einen guten Zahlmann, denn ich gebe Euch mein Herz.«

»Und wenn ich dir nun auch mein Herz geben wollte, so hätte ich doch noch den Wams zugute. Wie dann, Johannes?«

»Herr, Ihr rechnet streng. So habe ich doch eins, Herr, das Ihr nimmer mit allen Gaben einholen werdet, dann es ist rasch und fliehet davon; auch werdet Ihr es nie mit Eurer Macht verdrängen können, denn es ist lieblich und lustig anzusehen, und Ihr werdet Euch dessen so erfreuen, daß Ihr es nicht lassen möget, wenn ich es Euch geben könnte.«

»Was ist dies für ein Kleinod, mit dem du so prahlest?«

»Herr, es ist die Jugend, die will ich Euch geben, wie ich kann, denn Ihr sollt Euer Alter vergessen bei mir, so will ich Euch erfreuen mit mancherlei Reden und Gedanken.«

Aber was ich da zuletzt geredet hatte, war töricht und war ein schlechter Anfang meiner versprochenen erfreulichen Reden, denn mein gnädiger Herr ward wiederum stille und betrübt, weil ich ihn an sein Alter erinnert hatte, so glaubte ich. Da redete ich ihn wiederum an:

»Herr, ich habe Euch mit törichten Worten erzürnet.«

»Das hast du nicht, Johannes, sondern ich bedachte, ob dein stolzer Mut wohl meine Sorgen zerstreuen könne, wie du mir versprachst, aber das mag wohl nicht sein. Hast du mich nicht gefunden hier im Grünen, in einem lustigen Garten, bei dem fröhlichen Singen der Vögel und bei Sonnenschein, nachdenklich und betrübt? Wirst du können, was der Frühling nicht kann? – So du aber Künste gelernt hast, die ich nicht besitze, so wirst du mein Schuldner nicht sein. Setze dich zu mir und sage mir treulich, wie du zur Armut gekommen bist in gutem, und wie es sich mit dir begeben, bis ich gestern an der Eiche dich gefunden habe, und dann sollst du ebenfalls von mir hören, warum ich betrübt bin.«

Da ich die große Freundlichkeit meines lieben Ritters aus dieser Rede vernommen hatte, setzte ich mich zu ihm unter den Baum und faßte einen guten Mut, ihm zu sagen, was ich weniges in meiner Armut erfahren hatte, zog auch ein kleines Buch aus der Tasche meines Mantels, in welches ich gewohnt war, das aufzuschreiben, was mir aus meinem Leben bemerkenswert dünkte, um ihm daraus vorzulesen, und sprach zu ihm:

»Lieber gnädiger Herr, es ist wohl kein ehrlicherer Weg zur Armut, als der: in Armut geboren zu sein; so bin ich auch zur Armut gekommen, als ich zur Welt kam, und ist mir früh gelehrt worden, daß all mein Gold der Glanz der Sonne sei, alle mein Silber der Spiegel der Flüsse, meine schönen Teppiche und Tapezereien die grünen Wiesen mit ihren Blumen, alle meine schönen Gebäude und Hallen der Himmel mit seinen Gewölben und der grüne Wald, ja ich bin so reich geworden, daß mir die ganze Welt offen stand und alle freundlichen Menschen meine Diener wurden, zu denen ich sprechen konnte: Gib mir dies, gib mir jenes; auch hatte ich keinen Herrn als den allmächtigsten Herrn, den lieben Gott, der mir das Leben zu einem Lehen gegeben und dem ich auch täglich aus tiefster Seele gedankt habe.«

»Du kannst schreiben, Johannes?« sprach der Herr Ritter zu mir, »darin hast du mir es schon zuvorgetan, das kann ich nicht; ich freue mich zu hören, wie du alles niedergeschrieben hast, denn wenn ich gleich nicht schreiben kann, so habe ich doch oft bei mir überlegt, wie ich dies oder jenes, was mich im Leben sonderlich freute oder schmerzte, aufschreiben möchte, daß es andern Menschen und auch Menschen jedes Standes wohlgefallen möge, und habe mir durch öftere Erinnerung in meinem Gedächtnis gleichsam ein Buch gemacht, wo ich vielerlei eingeschrieben habe, und mehrere Begebenheiten sind darunter, die sind mir ganz verschieden erschienen, so daß sie mich auf eine Art beruhigen, auf die andere aber betrüben und doch immer dieselben Geschichten sind. Nun aber soll doch alles so niedergeschrieben werden, daß es einem jeden Menschen belehrend und erfreulich sein soll, denn was öffentlich gemacht wird, soll öffentlich werden, sonst ist es ein Betrug und böses Irreführen unschuldiger Menschen; denn soll sich der Mensch nicht an die Schrift halten können, die ihm doch als etwas Künstliches und des Gedanken Würdigeres aufgestellt wird, wie kann er dann an das glauben, was ihm in gemeiner Rede ganz gleichgültig vorgestellt wird? So lies dann, Johannes, und wie du es niedergeschrieben hast, wird mich lehren, was du für ein Mensch bist; denn wie ein Mensch sein Leben fühlt, so ist er, und nicht so, wie sein Leben ist. Du bist ein armer fahrender Schüler, und ich bin ein alter Kriegsmann, aber wir sind beide auch Menschen; der Schüler und der Kriegsmann haben nichts in ihrem Wesen gemein und sind sich fremd, aber die Menschen sind von demselben Stamme, und was sie erfahren, müssen alle teilen können; und so bin ich dann begierig, mein lieber Johannes, ob du so geschrieben, daß ich es auch genießen kann.« Da las ich dem Herrn Ritter vor, wie ich in meiner Einfalt niedergeschrieben hatte:

Ich bin in Franken geboren, in einem kleinen Dorfe am Mainstrom, und das erste, dessen ich mich deutlich erinnere, ist, wie mich meine Mutter das Vaterunser und Ave Maria lehrte; ich stand vor ihr und faltete meine Hände und sah ihr nach den Lippen, und wie sie mir es vorsagte, sprach ich es kindisch nach und war dabei ganz fromm, wie es ein Kind vor Gott ist. Das tat ich immer früh morgens, und kniete dabei an meinem Bettlein, und des Abends, wenn ich schlafen ging. Meine Mutter war eine gar arme Frau, aber fromm und arbeitsam, ich kann mir sie auch nicht anders denken als spinnend; und oft, wenn ich nachts erwachte, sah ich sie in der kleinen Stube bei einer Lampe sitzen und spinnen; dabei sang sie still vor sich hin, und dies hat mich oft bis zu Tränen gerührt, warum, das weiß der liebe Gott; auch weiß ich noch deutlich, daß ich einmal gar sehr weinen mußte, als ich sie so singen hörte, da fing ein Vögelein vor unserm Fenster auch an zu singen, und es war doch schon gar spät, denn der Mond schien hell und klar. Meine Mutter aber hörte nicht auf zu singen, und sang das Vögelein und sie zugleich; da habe ich zum erstenmal Traurigkeit empfunden und über das Leben kindische Gedanken gehabt, mich auch im Bette aufgerichtet und meiner Mutter zugehört. Da sang sie ein Lied, das lautete also:

> Es sang vor langen Jahren
> Wohl auch die Nachtigall.
> Das war wohl süßer Schall,
> Da wir zusammen waren.
>
> Ich sing und kann nicht weinen
> Und spinne so allein
> Den Faden klar und rein,
> Solang der Mond wird scheinen.
>
> Da wir zusammen waren,
> Da sang die Nachtigall.
> Nun mahnet mich ihr Schall,
> Daß du von mir gefahren.
>
> So oft der Mond mag scheinen,
> So denk ich dein allein.
> Mein Herz ist klar und rein,

Gott wolle uns vereinen.

Seit du von mir gefahren,
Singt stets die Nachtigall,
Ich denk bei ihrem Schall,
Wie wir zusammen waren.

Gott wolle uns vereinen.
Hier spinn ich so allein,
Der Mond scheint klar und rein,
Ich sing und möchte weinen.

Besonders traurig aber kam es mir vor, daß der Vogel und meine Mutter zugleich sangen, und hätte ich damals wohl wissen mögen, ob der Vogel auch in seinem Gesange meiner Mutter gedachte und ob er auch lieber geweint als gesungen hätte. Ich fragte darum meine Mutter mit den Worten: »Mutter, was singt dann die Nachtigall dazu?« Da sagte meine Mutter: »Wachst du, Johannes? Schlafe, du mußt morgen früh heraus und mit mir ins Kloster gehen; wenn du nicht schläfst, so nehme ich dich nicht mit.« Da löschte sie ihre Lampe aus und trat vor mein Bettlein und machte mir das Zeichen des Kreuzes auf die Stirn und küßte mich, und da ich merkte, daß sie weinte, schlang ich die Arme um ihren Hals und hielt sie fest, fragte sie auch, warum sie mir das Kreuz mache und warum sie weine.

»Lieber Johannes«, sagte sie da, »ich mache dir immer das Kreuz und küsse dich, ehe ich schlafen gehe, daß du unter dem Schutze Gottes ruhig schlafen mögest; du hast aber sonst nie gewacht, wenn ich zu dir kam, und wußtest du es nicht.« Aber warum sie weine, sagte sie mir damals nicht. Darauf legte sie sich zu Bette und betete laut, und ich sprach ihr nach, bis ich darüber einschlief. Den folgenden Morgen standen wir früh auf, und meine Mutter nahm leinen Tuch, das sie gewebet, und Garn, das sie gesponnen, um es in dem Kloster zu verkaufen. Sie trug es in dem Korb auf dem Kopfe, und da ich sie sehr darum gebeten, gab sie mir einen Teil des Garnes zu tragen, welches ich mit einer großen Liebe zu meiner Mutter bis zu dem Kloster getragen habe.

Wir kamen in dem Kloster in des Abts Stube, die war mit schönen Bildern ausgemalt, auch handelte der Abt selbst um das Tuch mit meiner Mutter und gab mir ein Bild von St. Johannes, meinem Patron. Er sagte mir auch, wenn ich älter wäre, solle ich ihm die Messe dienen und dann immer einen Pfennig von ihm haben. Meine Mutter ließ von dem Gelde zurück, eine Messe zu lesen in der Georgen-Kapelle für ihr Anliegen, und als sie der Abt fragte, was ihr Anliegen sei, sprach sie: »Das steht Gott anheim«, und da gingen wir zur Kirche herab. In der Kirche aber gingen wir zur linken Hand in eine Kapelle; da stand ein Altar in der Mitten, zur Rechten aber war ein Ritter an der Wand ausgehauen auf den Knien liegend, und vor ihm stand ein andrer Ritter, der legte ihm die Hand auf das Haupt. Diesem Bilde gegenüber war Sankt Georgen Bild zu Pferd, wie er seinen Mantel zerschneidet und einem Armen die eine Hälfte reicht, und diese Kapelle war die St. Georgen-Kapelle. Meine Mutter steckte ein Wachslicht vor St. Georgen auf und kniete dann nebst mir an der Seite des steinernen Ritters nieder und sah oft nach dem knienden Ritter. Ich betrachtete ihn auch und empfand eine große Freude an ihm. Auch hätte ich ihm gern was Liebes getan und setzte ihm einen grünen Kranz auf sein steinern Haupt, den ich mir im Walde geflochten hatte und noch spielend in der Hand trug. Da meine Mutter das sah, weinte sie sehr und umarmte mich in der Kirche. Ich empfand große Bangigkeit um ihre rührende Gebärde. Da trat aber ein Priester in die Kapelle mit einem Meßdiener und las die Messe am Altar, und sie ließ mich los, sagte mir auch ins Ohr: »Bete hübsch fromm, Johannes; der stehende Ritter ist der Herr Großvater.« Ich hatte den Mut nicht mehr, nach dem Bilde zu sehn, und mein Großvater blieb mir von dieser Zeit an ein ernster und beweglicher Gedanke; aber ich habe damals gebetet, wie sonst nie, mit einer wunderlichen Herzensangst, doch weiß ich mich nicht zu entsinnen, warum ich so gebetet habe.

Da die Messe zu Ende und der Priester wieder aus der Kapelle herausgegangen war, fragte ich meine Mutter wieder nach dem steinernen Bild mit den Worten: »Was macht denn mein Großvater da?« Meine Mutter stand aber, ohne mir zu antworten, stille vor dem Bild und sah immer mit nassen Augen nach dem knienden Ritter, den ich mit dem Laubkranz gekrönt hatte, und da ich sie wieder fragte, sagte sie: »Er tut, was ich gestern abend tat, da ich das Kreuz machte.« Da fragte ich sie weiter: »Liebe Mutter, will er dann schlafen gehn?« Da sagte sie: »Ja, er will schlafen gehn in die ewige Ruhe.« »Und der kniende Mann will wohl auch schlafen gehen?« Da sagte sie wieder: »Ach, Gott gebe ihm eine ruhige Nacht, wenn er schon schläft!« und ward wieder sehr traurig und hob mich hinauf, daß ich ihn küßte. Da setzte ich ihm das Kränzlein wieder zurecht und küßte ihn, und die Mutter ging mit mir zur Kirche hinaus. Sie hatte mich noch auf dem Arme und ließ mich nicht los, was sie sonst nicht pflegte, denn sie war nicht sehr stark, sondern zart und weiß mit langen blonden Haaren. Wir gingen nicht denselbigen Weg zurück, sie trug mich links dem Walde zu. Wie sie mich so durch die freie Luft hintrug, betrachtete ich ihr freundliches Angesicht, und kann es nun nie mehr vergessen, wie hold und lieb sie aussah, und auch die ganze Gegend kam mir lichter und freundlicher vor. Mein Herz ward wieder ganz getröstet, und wie sie mich unter den Bäumen hintrug, brach ich einen Zweig ab und machte ihr einen Kranz, den setzte ich ihr auf ihre blonden Haare und sagte zu ihr: »Liebe Mutter, nun bist du wie der kniende Ritter, nun hast du auch ein Kränzlein auf, und wenn er da nun durch den Wald gegangen käme, da würdet ihr euch beide aneinander sehr erfreuen über die grünen Kränze.« Meine Mutter gab mir aber keine Antwort und ging immer traurig fort, was mich auch wieder betrübte. So zogen wir still und einsam wohl eine Stunde durch den Wald, als wären wir die einzigen Menschen auf der Welt und hätten nicht viel Freude, bis es lichter ward in den Zweigen und der Wald sich am Rande des Berges endigte.

Da war ein schöner grüner Platz und die Aussicht in ein einsames Tal, wo der Main durchfloß; die Berge lagen rings um den hellen silbernen Fluß, als hätten sie tiefsinnige Gedanken, sie waren alle mit schwarzen Wäldern bedeckt und sahen streng und finster herüber; wo wir aber standen, war die Gegend sanft und mild, grüner Rasen bedeckte den Boden, es standen da mancherlei Blumen, und das Allerschönste war ein freundlicher Quell, der zwischen einer großen Reihe von Sonnenblumen entsprang und über den sanften Abhang hinunterrollte; es war, als flössen Tränen an den Wangen eines freundlichen Antlitzes hinab. Viele und mancherlei Kräuter wuchsen da rings an dem Bache, aber die Sonnenblumen sahen besonders ehrwürdig und andächtig aus. Meine Mutter ließ mich im Grase spielen und saß bei den Sonnenblumen. Ich sah oft nach ihr hin und bemerkte, wie sie sanfter und ruhiger um sich blickte.

Dann nahm sie mich bei der Hand und ging mit mir einige Schritte rechts ins Gebüsch, da stand ein kleines Haus, ganz mit Epheu überwachsen. Selbst die Türe war mit dem Geflechte des Epheus überzogen. Sie zog Schlüssel hervor, legte die Ranken an der Türe zurück und öffnete sie. Es war eine kleine Küche, doch keine Geräte darin, in die wir zuerst traten, und dann eine kleine viereckichte Stube. Wie ich hereintrat, fürchtete ich mich etwas, denn es war gar dunkel. Meine Mutter machte aber die Fensterladen auf, da sah man nach der andern Seite des Tals, und ein schönes Schloß ragte da aus dem schwarzen Gebürge gegenüber. In der Stube standen allerlei ausgestopfte Vögel, besonders eine Reihe von Falken, die alle sehr alt schienen, an der Wand hingen einige Speere und Jagdmesser, und in der einen Ecke war ein kleiner Altar und Betstuhl vor dem Bilde des heiligen Hubertus, wie er vor dem Hirschlein kniet, das ihm mit einem Kreuze zwischen den Hörnern erscheint und ihm sein wildes Herz zu Sanftmut und Frömmigkeit umwendet. Ich betrachtete all die Sachen, die ich vorher nie gesehen, mit einer ängstlichen Aufmerksamkeit, während meine Mutter ins Tal hin-aussah. Alles, was mir seit dem Abend vorher begegnet war, hatte mich ganz verändert, und wenn ich jetzt daran denke, so möchte ich meine damalige Empfindung einem Rade vergleichen, das in einer Mühle plötzlich lebendig wird und alle die andern Räder mit ihm und um ihm sich drehen und wenden sieht, und sich doch nicht vorstellen kann, was all die vielen Räder sind und was eine Mühle ist. Besonders aber verwunderte ich mich, daß meine Mutter mit allen den Sachen bekannt war und in der Hütte tat, als wäre sie immer drin gewesen. Ich fragte sie, ob wir dann hier blieben, ob dieses auch unsre Wohnung sei; dann wolle ich mir hier einen klei-nen Garten machen und ein Vogelsteller werden. »Was willst du dann mit den Vögeln machen?« sagte sie dann, und als ich ihr ant-wortete, ich wolle sie das Vaterunser lehren, sagte sie: »Weißt du denn, wo dein Vater ist?« Ich antwortete: »Im Himmel!« Sie nahm mich hierauf zu sich, setzte sich ans Feuer und erzählte mir, was ich hier niederschreibe, ihre Worte sind mir auch nie aus dem Gedächt-nisse gekommen:

Lieber Johannes, du hast mich seit gestern wohl trauriger als je gesehen, dann ich gedachte gestern, da die Arbeit vollendet war, schon daran, wie ich heute alle die Wege gehen würde, die du mit mir gegangen bist. Du hast mich auch gestern abend gefragt, warum ich weinte, da ich vor deinem Bettlein stand, aber ich habe dir keine Antwort gegeben und habe mit dir gebetet, damit wir ruhig schlafen möchten. Aber nun will ich dir auch nichts mehr verschweigen, denn ich glaube, es wird gut sein, wenn du früh weißt, wie auf Erden viel Traurigkeit ist und im Himmel allein die Freude. Du wirst darum deinen Sinn immer mehr zu Gott wenden und zu seinen Abgesandten auf der Erden, der treuen Liebe, der Unschuld und Weisheit. Auch sollst du nicht traurig werden um der Traurigkeit willen, die auf Erden ist, sie soll dich stärken, daß dein Mut wachse und dein Fleiß, mit denen sollst du die Traurigkeit bestreiten und ein frohes Herz erkämpfen, das sich alle Zeit Gott zuwendet.

Das kleine Häuslein, in dem wir sitzen, gehöret meinem lieben Vater; er ist nun im Himmel seit acht Jahren und liegt begraben im Kirchhofe bei dem Kloster. Er war ein Jäger und Vogelsteller und hat hier oben mit meiner Mutter gelebt, die ist zu Gott gegangen, da ich noch ein klein Mägdlein war; ich erinnere mich wohl, da sie die Herrn aus dem Kloster zu Grabe trugen, da saß ich da draußen an dem Quell im Sonnenschein und verwunderte mich über die vielen Männer und Weiber, die sie begleiteten. Da drüben von dem Schlosse, das du siehst, kam der Ritter mit seiner Hausfrau und seinen zwei Knaben auch herüber; ich weiß noch wohl, wie sie in das Schifflein stiegen und über den Main fuhren. Der Ritter blieb bei meinem Vater und sprach gar freundlich mit ihm, um ihn zu trösten, und des Ritters Frau ging mit zu Grabe. Ich saß immer an dem Bächlein, und des Ritters Kinder spielten mit mir. Am Abend zog der Ritter wieder mit seinen Leuten hinüber, und mein Vater pflanzte am Bache die Sonnenblumen. Er war ein frommer und künstlicher Mann und arbeitete den ganzen Tag. Er richtete die Falken ab wie kein andrer Jäger in Franken und hatte eine große Geschicklichkeit in Kenntnis heilsamer Kräuter; ich ging ihm immer in seinen Arbeiten zu Hand, wie ich konnte, und er unterrichtete mich in der Gottesfurcht und Sittsamkeit. Spinnen und Weben habe ich dort im Schlosse von des Ritters Hausfrau gelernt und zugleich mit den zwei Söhnen des Ritters das Christentum bei dem Hauskaplan. Mein Vater schenkte dem Ritter geschickte Falken dafür, der

Hausfrau brachte ich Arzneikräuter und den Söhnen gab ich Finken und andere Vögel, die ich selbst singen gelehrt hatte; so war ich dann immer gern im Schlosse gesehen und konnte wohl lernen, was einer Jungfrau geziemt, an den Frauen und Dienerinnen auf dem Schloß. Doch war ich meistens zu Hause bei meinem Vater, da ich älter ward, denn er liebte mich sehr und mochte nicht ohne mich sein.

In der Einsamkeit besuchte uns der jüngste Sohn des Ritters oft, er war auch stiller Gemütsart und hatte sich immer gut mit mir verstanden. Wenn ich hinüber auf die Burg wollte, so blies ich auf meines Vaters Jagdhorn, und wenn er dann zu Hause oder in der Gegend war, ließ er sich auch bald an dem Maine sehen und fuhr mich in dem Schifflein hinüber und wieder herüber, und wir gewannen uns so lieb, daß wir nicht lange ohne einander sein konnten. Da mein Vater das bemerkte, kümmerte er sich darum und sagte mir oft traurig: »Mein Kind, was soll aus deiner Lieb werden zu des Ritters Sohn, da du doch eines armen Mannes Kind bist und nicht zur Edelfrau geboren?« Diese Rede meines Vaters war wohl wahr und tat mir leid, aber ich konnte doch nicht aufhören, den Ritter zu lieben, denn die Liebe ist blind, und wo sie entbrannt, kann sie nicht ausgelöscht werden, und zwei Menschen, die sich lieben, kann nichts scheiden als der Tod. Mein Vater stellte es auch dem Ritter vor, der aber war mutiger als ich und sprach: »Lasset Euch das nicht kümmern in Euren alten Tagen, denn es soll Euch erfreuen, wenn Ihr seht, daß Eure Tochter eines braven Ritters Frau wird, und will das mein Vater nicht, so wird er doch nicht drum zürnen bis an den Tod.« Ich erschrak, wenn ich sah, wie mein Vater traurig ward bei seinen Reden, die mir das Herz erhoben, und habe meinem Vater immer von der Zeit an emsiger gedient als vorher und war auch in allen meinen Reden weiser und klüger, damit er mehr Vertrauen zu mir gewinnen möge und versichert werden, daß ich nicht töricht handeln würde.

Siegmund kam nun seltner, denn er ritt mit seinem Vater oft in den Krieg, und wann des Morgens die Reisigen aus dem Schlosse auszogen, so stand ich immer und grüßte Siegmund mit einem weißen Tüchlein, und wenn er mich so grüßen sah, so ließ er sein Pferd einigemal springen. Das war seine Antwort, denn er getraute sich nicht vor seinem Vater, mich wiederzugrüßen. Dann betete ich zu Gott, daß er ihn gesund wiederkommen lasse, und hatte nicht viel Ruhe, bis ich die Reisigen wieder einziehen sah. Einstens aber in einem kalten Winter waren sie auch ausgezogen, und als sie wiederkamen, stand ich am Berge und sah nach Siegmund, der saß aber nicht auf seinem Pferd, der ward auf einem Tragbette zwischen zwei Reitern getragen; ach, da war meine Angst groß, bis er die Reiter stillhalten ließ und sich aufrichtete, daß ich sehen möge, daß er noch lebe, und war dies gewiß ein groß Zeichen seiner Liebe zu mir. Ich hatte aber keine Ruhe und bat meinen Vater, er solle mich hinüber auf das Schloß lassen, und da er nicht einwilligte, kniete ich vor ihm nieder und bat ihn mit Tränen so flehentlich, daß er selbst sehr weinte und sprach: »Ach Tochter, wie ist deine Liebe zu Siegmund so groß, und was wird viel Leid draus entstehen!« Dann gab er mir ein Bündelchen Kräuter und führte mich selbst an den Main hinab, der war zugefroren, und noch keiner darüber gegangen; das wußte ich wohl, sagte es aber meinem Vater nicht, der glaubte, es seien schon viel Leute drüber gegangen, und so eilte ich dann über das Eis ohne Furcht und Angst und betete wohl mehr für Siegmund auf dem Eis, als daß ich nicht einbrechen möge. Es war Abend, da ich auf das Schloß kam; ich fragte sorgsam nach Siegmund und sagte, mein Vater habe gesehen, daß er verwundet zurückgekommen sei, und ich müsse ihm die Kräuter bringen. Da führte man mich ins Gemach, wo seine Mutter an seinem Lager saß. Da konnte ich mich auch nicht mehr halten, lief zu ihm hin, kniete an seinem Bettlein nieder und küßte ihm die Hand. Seine Mutter wußte wohl, daß er mich lieb hatte und ich ihn, aber hatte wohl nicht geglaubt, daß es so ernstlich sei, und da sie mit mir nachher in ihre Kammer gegangen war, sprach sie lang mit mir, wie auch mein Vater gesprochen hatte. Da erzählte ich ihr treulich alles, wie unsre Liebe so unveränderlich sei und wie uns nichts scheiden werde als der Tod. Sie war aber eine sanfte Frau, und Siegmund war ihr das liebste Kind, auch gegen mich war sie sehr freundlich und wie eine Mutter gesinnt und hat nicht mehr von unsrer Liebe gesprochen, als daß sie Gott bitten wolle, daß es uns nicht übel gehe auf Erden.

In der Nacht ging das Eis im Maine auf, und ich konnte am Morgen nicht zurück, so daß ich wohl drei Tage lang auf dem Schlosse bleiben mußte. Ich war dann meistens bei Siegmund und pflegte seiner, denn sein Vater war noch nicht zurück, und die Mutter erfreute sich an unsrer Liebe. Da wuchs unsre Liebe noch viel mehr, denn wir hatten uns lange nicht gesehen und in der letzten Zeit wenig miteinander gesprochen. Da wir nun so beinander saßen, da warden wir viel inniger, und Siegmund, durch seine Wunde schwach und sanfter als sonst, erschien mir viel vertrauter, ja seine Rede war mir oft ganz jungfräulich, und hatten wir auch da keine Hehl mehr voreinander, und ich verband ihm seine Wunde in der Seite am Herzen ohne Scheu. So groß ist die Liebe und so rein, daß sie nichts Unreines tun kann, und was sie tut, ist alles schön und ewig. Da ist mir auch die kleinste Handlung teuer und ein tiefsinniges Werk geworden, wenn ich sie in der Liebe getan hatte.

Nach drei Tagen ging ich wieder zu meinem Vater; der war traurig in seiner Einsamkeit geworden, während ich mich gefreut hatte, und ich erzählte ihm, was geschehen war, und wie meine Liebe noch viel größer wäre, und was Siegmunds Mutter mit mir gesprochen hätte. Darüber ward er gar nachdenklich und sagte: wie er ein alter Mann sei und schon mit einem Fuß im Grabe stehe, so sei sein Sinn wohl nicht mehr für die weltlichen Dinge, und wolle er auch meine Liebe nicht stören; aber es sei ihm doch traurig, wenn er daran denke. –

Da Siegmund wieder gesund war, besuchte er meinen Vater und mich wieder dann und wann, und außerdem sahen wir uns an Sonn- und Festtagen vor und nach der Kirche im Kloster. Der Winter war sehr rauh, und mein Vater oft krank, denn er war schon ein sehr alter Mann und hatte schneeweiße Haare; da ward mir denn auch keine Freude als ihn zu trösten und mit ihm zu beten. Als der Frühling kam, die Zweige ausschlugen und die Vögel wieder zu singen begannen, setzte er sich oft an die Türe und sah ins Tal hinab und sprach mir von meiner Mutter. Einmal, an dem heiligen Ostertagnachmittag, saß er in seinen Feierkleidern an der Türe und ich neben ihm; es war gegen Abend, alles still und ruhig und gar mil-

des Frühlingswetter; wir sahen den Main hinauf, da kam eine Wallfahrt in einem Schifflein den Main heruntergefahren; sie hatten ein
Kreuz aus einer grünen Male bei sich und sangen laut und andächtig, daß es zwischen den Bergen leise in der Ferne mitsang:

Ich will des Mais mich freuen
In dieser heilgen Zeit
Und gehe zu der Maien,
Und seh des Heilands Leid.
Leid gab mir die Freudigkeit.

O Mai, in grünem Scheine
Du blühest kurze Weil,
O Maie, die ich meine,
Du blühest ewges Heil.
Heil gab mir des Todes Pfeil.

Du stehst in ewger Blüte,
Seit unser höchstes Gut
In deinen Zweigen glühte,
Du trankst sein heilges Blut.
Blut gab mir so hohen Mut.

Du drangst in heilgem Taue
So freudig himmelwärts,
Dich tränkte die Jungfraue
Mit ihrer Tränen Schmerz.
Schmerz erquickte mir das Herz.

Des heilgen Todes Weihe
Gab mir des Lebens Wein:
O Jesus an der Maie,
Mich heilte deine Pein.
Pein führt mich zum Himmel ein.

Der Vater und ich sangen das Lied still mit. Er ward sehr gerührt
und sprach mit mir: »Wohl wende ich mich auch hin zu der Maie
des heiligen Kreuzes, wo mir das ewige Leben blüht, denn meine
Zeit ist vorüber, und dieser ewig wiederkehrende Frühling ist meine Jugend nicht, auch werde ich die Früchte nicht reifen sehn; ich
fühle, liebes Kind, daß dies der letzte Frühling ist, dessen ich mich

erfreue. Vom Leben zu scheiden, schmerzt mich nicht, weil sich das Leben nie von mir scheiden kann, denn ich habe nach meinen Kräften Gott gedient und die Menschen geliebt. Das Schifflein mit der singenden Wallfahrt und der Maie, wie es so den Main hinunterfährt, und dort die Sonne, die untergeht, sie haben mich wohl an das Leben der Menschen erinnert. Da sind sie heute früh aus den verschiedenen Dörfern fröhlich zusammengekommen und in der Kühle und dem Dufte des jungen Laubs durch den Wald und über die Berge singend hingezogen und haben nur gedacht, wie sie ankommen würden und ihre Andacht verrichten; und da sie gebetet haben, sind sie zu den Krämern gegangen, die dort stehen, und haben Kerzen gekauft, jeder nach seinem Vermögen, und haben sie dort aufgesteckt; dann haben sie am heißen Mittag im Grase ihre Speise genossen, und nun sind sie den Berg wieder hinabgekommen, und schnelle trug sie das Schifflein den Strom hinab, während die Sonne auch hinunterzog. Einer steigt früher, der andre später ans Land, und alle, die beisammen so fromm der Maie singend folgten, sind in der Nacht nicht mehr beisammen, und wenn der Vater seinen Kindern ein Heiligtum mitbringen kann und so Frömmigkeit erweckt, dann kehrt er freudig von der Wallfahrt zurück; die Gabe mag gering sein im allgemeinen Wert der Dinge, so ist sie doch groß für die Betrachtung, und ein Samenkorn, das der Wind verweht, kann die Mutter eines ganzen Waldes sein.« So sprach er noch lange in rührender Vertraulichkeit mit mir, und da ich ihn nach der Hütte zurückbegleitete, zitterte er sehr, so daß ich wohl fühlte, er werde nicht mehr lange mit mir sein.

Siegmund kam den folgenden Tag herauf, und mein Vater bat ihn, ihm den Pater Anton vom Schlosse zu schicken und auch seine Mutter zu ihm zu bitten, denn Siegmunds Vater hatte den jüngern Sohn Albrecht zu einem Vetter in Schwaben begleitet. Da Siegmund zurückeilte, stand ich am Fenster und weinte sehr. Mein Vater, der in seinem Lehnstuhle saß, hatte seinen Lieblingsfalken auf der Hand und sagte freundlich zu ihm: »Willst du wieder in Freiheit, Kilian, wenn ich tot bin?« Da er mich weinen hörte, sagte er: »Was weinst du, mein Kind?« Da sagte ich ihm: »Da ich Siegmund hinabgehen sah, mußte ich weinen, daß er bald mein einziger Trost sein wird außer Gott.« Da sprach er zu mir: »Und einst wird Gott dein einziger Trost sein, wie er jetzt meiner ist, da ich dich verlassen

muß; aber ich will Gott im Himmel für dich bitten, daß es dir auf
Erden wohl geht, bis du zu mir kommst, meine Tochter.« Dann
kniete er dort an dem Altar nieder und betete und war so schwach,
daß er sein Haupt auf den Altar legte, ich kniete neben ihm, und der
Falke saß traurig auf der Stange. Dann sagte er: »Sieh, ob der Pater
Anton bald kömmt; ich fühle, meine Stunde naht sich.« Da sah ich
den Pater in seinem geistlichen Gewand und mit der Monstranz in
das Schifflein steigen, Siegmund trug das Kreuz, und seine Mutter
hatte eine Kerze in der Hand; auch waren noch die alten Knappen
des Ritters mit Fackeln bei ihnen. Da sprach ich: »O lieber Vater, sie
bringen unsern Herrgott.« Da küßte mich der Vater und sah mich
mit großer Liebe an. Der Zug kam langsam den Berg herauf, und da
sie vor der Hütte standen, ging ich heraus zu Siegmund und seiner
Mutter, die war sehr traurig und küßte mich; der Pater Anton ging
zum Vater hinein und hörte ihn Beicht und gab ihm das Abend-
mahl, und wir standen draus und beteten. Dann kam der Pater
Anton und rief mich und Siegmund und seine Mutter herein. Wir
knieten um seinen Stuhl, und er sprach zu Siegmunds Mutter:
»O gnädige Frau, wir werden bald zusammensein, nehmt Euch
meines Kindes an; Siegmund liebt meine Tochter, sie verdient es.
O mein gutes Kind, ich befehle dich Gott; o komme bald zu mir,
wenn dir es auf Erden nicht gut ist.« Da weinten wir alle sehr, und
Siegmund nahm meine Hand und sagte. »Mutter, segnet uns! Vater,
segnet uns!« Da gab er uns den Segen und Siegmunds Mutter auch.
Dann wollte er in den Sonnenschein getragen sein. Siegmund und
ich trugen ihn auf seinem Sessel hinaus in das Freie. Da standen die
alten Diener des Ritters mit den Fackeln im Kreise um ihn und
reichten ihm die Hände. Siegmund brachte ihm seinen Falken, der
saß hinter ihm auf der Lehne seines Sessels. So saß der gute Vater
noch einige Minuten und sprach: »O Gott, ich danke dir für das
schöne Leben, ich danke dir für mein schönes liebes Kind, ich danke
dir für den schönen Tod.« Da starb er, Siegmund und ich hatten
seine Hände, es war freundlicher Sonnenschein, die Vögel sangen in
dem Walde, und der Falke stieg wie ein Pfeil in die Höhe.

Siegmund und seine Mutter nahmen mich nun mit nach dem
Schlosse und trösteten mich mit vielen freundlichen Worten, besonders Siegmund; der war seit meines Vaters Tod viel ernster und
fester geworden, er sah nun seine Liebe zu mir als meine einzige

Hülfe an und als alles, was ich in der Welt zu hoffen hatte. So wollte er dann auch mein Schicksal so freundlich machen, als in seinen Kräften stand, und strebte immer mehr, wie er mir gütig und treu erscheinen sollte. Mein Vater ward den folgenden Tag neben meine Mutter ins Kloster begraben. Siegmund und seine Mutter gingen mit zur Leiche, mich aber ließen sie nicht mitgehen, damit ich nicht so traurig sein möchte. Ich blieb also auf dem Schlosse zurück, und wie sie aus dem Tor hinauszogen, stieg ich auf den höchsten Turm des Schlosses. Sieh, es ist dort jener weiße Turm, worauf das Bäumchen steht. Ich sahe mich rings in der Gegend um und empfand vieles, das ich vorher nie empfunden hatte. Wie Siegmund mit seiner Mutter in das Schifflein stiegen, da erinnerte ich mich, wie ich Siegmund zum erstenmal gesehen; das war, als meine Mutter starb, da saß ich vor meines Vaters Hütte und spielte ganz fröhlich und verstand das Leid der andern Menschen nicht; da sah ich ihn auch in demselben Schifflein überfahren: »Ach, wie viel Jahre sind schon hin, jetzt bin ich auch schon unter den erwachsenen Leuten, die den Schmerz wohl verstehen, wenn ein lieber Freund von ihnen scheidet. Wie oft ist der Frühling vergangen, seit ich lebe, und ich kann mich kaum eines einzelnen Frühlings erinnern; ich weiß nur, daß es der Frühling war, wenn die Bäume blühten und die Welt freudig ward. O weh, jetzt spiele ich nicht mehr vor meines Vater Hütte, hier stehe ich und bin allein und kann weinen, ach, wie bitter weinen. O, wo wird mein guter Vater hingetragen, wo geht alle das Leben hin, wohin alle die Lust?« So war ich gar traurig und hatte ganz die Hoffnung verloren; ich sah, wie Siegmund mit seiner Mutter den Berg hinanstiegen und wie die geistlichen Herrn von dem Kloster aus dem Wald in ihren weißen Kleidern heraustreten und wie sie meinen guten Vater in dem Sarge aus der Hütte heraustrugen. Ach, da streckte ich wohl die Arme gegen Himmel und weinte sehr, da hörte ich sie auch ihre heiligen Lieder noch lange im Wald singen. Es war Abend und still, die Sonne ging unter, im Tal war es schon dunkel, nur über unsrer Hütte und dem Walde lag noch der helle Schein. Da dachte ich wohl, wie mein Vater mit mir gesprochen hatte, da die Wallfahrt den Main hinabfuhr, und wie er des Menschen Leben mit der Wallfahrt verglichen hatte, und wie er zu mir gesagt hatte: »Der geht gern von der Wallfahrt nach Hause, der seinen Kindern eine fromme Gabe mitbringen konnte«; und als ich gedachte, wie er so ruhig und freundlich gestorben war, da warf ich auch einen Blick zurück auf die Heiligtümer, die er mir zurückgelassen hatte; ich wiederholte in mir sein Andenken und die sanfte fromme Unterweisung, die er immer gegeben hatte, sah lang in mein Herz zurück und fühlte mich ruhig und mild. Dann wandte ich meine Blicke ringsum über Berg und Tal, wie der Wald grünte und still stand, wie sich die Wiesen sanft hinabsenkten und mit den gefurchten Äckern abwechselten. Zum Himmel stiegen meine Blicke ruhig aufwärts und gleiteten an dem Fluge ziehender Vögel wieder nieder zum Main, in dem die Wolken nochmal zu ziehen schienen; dann blickte ich zwischen den Türmen hinab in den einsamen Burghof, wo ein alter Knappe den Hollunderbusch an dem Fenster seiner Kammer beschnitt und ein lustig Lied sang; auf dem Dache trieben die Tauben girrend in den letzten Strahlen einander herum, und war es schon dunkel, und die ewige Lampe der Burgkapelle sah heller durch das hohe Fenster, und alles das sah ich mit gleicher Ruhe und stiller Liebe an. Es war mir nicht, als sei mein Vater gestorben; ich konnte an ihn denken, als sei er immer zugegen, nur sehe ich ihn nicht, aber ich höre ihn singen und arbeiten. Zu dieser Stunde kam ein großer inniger Glaube an die Güte Gottes und die Ewigkeit des Lebens in mich; alles, was mir der gute Vater in kurzen Sprüchen und Winken gesagt hatte, sah ich ausgeführt in seinem Leben, und sein Leben fand ich wieder über der ganzen ruhigen Gegend schweben, aus der mir mein eignes Herz wie eine freundliche Blume entgegensah. O, da fühlte ich deutlich, was mir mein guter Vater von der Wallfahrt mitgebracht hatte; er hatte mir das Leben gegeben, die freundliche gesunde Gestalt meines Leibes, das ruhige schlagende Herz in der Brust und die stille betrachtende Seele hat er mir gegeben, denn er hat mir die Schönheit und den innern Frieden der Natur durch sein stilles frommes Dasein in Geschäft und Andacht näher ans Herz gelegt, daß ich ruhig in sie verwachsen konnte, daß keine Sehnsucht mich wild hinausriß, daß gleich vor meinem Auge Gott mit der Liebe stand und mir mit milder Strenge ins Herz sah, das rein und züchtig wie die Kammer einer frommen Jungfrau aufgeschmückt war. O guter Vater, dachte ich da, du warst ein Bote Gottes, der ihn in einer unschuldigen Seele verherrlichen sollte; Gott sprach zu dir: Gehe hin und baue mir eine Kirche auf der Erde, daß ich deutlicher und verständlicher meinen Kindern, den Menschen, werden möge, dann will ich sehen, ob du meiner Liebe näher zurückkehrst. Und da hat der gute Vater mich zurückgelassen als das Zeichen des vollendeten Werks und ist wieder zurück zu Gott gegangen; sein Leben aber auf Erden hat nicht aufgehört, es ist in meiner Seele, und ich will es ruhig fortbauen, ich will fromm und tugendhaft sein, daß er nimmer sterbe; und wenn Gott auch mich einst zu sich nimmt, o, dann bleibe auch mir ewig ein Leben zurück, ein Ebenbild Gottes und ein Spiegel des freudigen segensvollen Strahls, der aus dem Glanze des Himmels zur Erde niederfällt und sich im Glauben entzündet.

Da ich mich so meinen Gedanken überlassen hatte, hörte ich das Glöckchen im Kloster läuten, das Zeichen, daß mein Vater begraben war. Der Gedanke, ihn nicht wiederzusehen, wollte mich wieder schmerzlich fassen, als Kilian, sein Falke, der bei seinem Tode weggeflogen war, plötzlich neben mich niederflog und sich sehr freundlich gegen mich bezeugte. »Guter treuer Kilian«, sagte ich, »bist du auch mit zu Grabe gewesen? Du sollst mich nun nicht mehr verlassen und immer bei mir bleiben«; und daß mich der gute Vogel wiedergefunden hatte, war mir ein gar großer Trost; ich streichelte ihn und nahm ihn auf die Hand, indem ich die Treppe des Turms hinabstieg. Da ich auf den Vorsaal gekommen war, begegnete mir der alte Knappe, den ich im Burghofe hatte singen hören; er wollte zu mir heraufkommen. Da er mich sah, sprach er: »Verlangt Ihr etwas, Jungfrau? Ich glaubte, Ihr hättet mich gerufen, wir sind allein auf dem Schlosse.« Da er aber den Falken erblickte, sprach er: »O, Ihr habet wohl nur mit meinem Paten gesprochen. Ich heiße auch Kilian, und Euer seliger Vater hat diesen Falken aus guter Freundschaft nach mir benannt, und es ist ihm auch gut angeschlagen; es ist der edelste Falke im Land.« Dann nahm er den Falken und liebkoste ihn sehr und hatte viel Freude mit ihm. »Liebe Jungfrau«, sprach er weiter, »ich habe Euch gar klein gesehen, da Ihr noch nicht lange auf der Welt wart, nun hat sich viel verändert. Wenn Ihr wollt mit mir hinab in meine Kammer kommen, bis Herr Siegmund und die Hausfrau zurückkommen, so tut Ihr mir eine Freude. Die Zeit wird uns beiden vergehn, und Eure Traurigkeit wird nicht so bitter sein in meiner Gesellschaft, denn ich war ein gar guter Freund Eures seligen Vaters, und es ist tröstlich, die Tugenden der Menschen zu betrachten, die nun ihren Lohn schon empfangen.« Ich ging dann mit ihm hinab in sein Stübchen, das dicht neben der Schloßkapelle war, denn er war mir mit seinem ehrlichen Gesicht und seinen ehrwürdigen weißen Haaren gar ehrwürdig. Wie er so langsam vor mir her ging, sprach er immer vertraulich mit dem Falken: »Ja, Kilian«, sagte er, »ich bin auch ein Kilian, kann aber nicht fliegen, bei mir geht es gar langsam, es wird auch mit dir so kommen, drum sei hübsch tugendhaft, daß man dir eine Stange aufsteckt und die Speise nahstellt, wenn es mit den Flügeln nicht mehr recht will.« Dabei war er gar lustig und freundlich, und ich hörte ihm gerne zu, wie er so kindisch seine Freude hatte. In seiner kleinen Stube war es sehr ordentlich und traulich. »Seht, Jungfrau«, sprach er, »da wohne ich und habe Gott recht zur Hand, daneben ist die Kapelle. Es ist etwas Armseliges um einen alten Mann ohne Frau und Kind, und wenn er sich nicht recht zu Gott hält, ist er verlassen.« Da setzte ich mich zu ihm, und er erzählte mir lang von meinem Vater und seiner Freundschaft mit ihm, und daß er meine Mutter, ehe sie verheuratet gewesen sei, auch geliebt habe, und mein Vater und er darum lange entzweit gewesen seien. »Es tat uns beiden herzlich leid, aber ich konnte im Anfange ihn doch nicht gut mit Eurer Mutter sehn; es tat mir immer sehr weh, daß ich nicht auch so ein frommes Weib finden konnte; ich habe mich immer darnach umgesehn, aber es wollte mir nicht einschlagen; drum habe ich mich dann so in Ehren auch fortgebracht und mich für manchen Herrn derb schlagen lassen; um die verzweifelten Gedanken zu verlieren. Wenn mich der Flug durch Franken brachte, ging ich zu Eures Vaters Hütte und grüßte ihn. Da war ich auch einmal gekommen und hörte Euch schon laut weinen, als ich die Hütte noch nicht sah; das war wenige Tage nach Eurer Geburt. Ein Jahr drauf kam ich wieder zu Eurem Vater, da wart Ihr schon ein artiges Kind und konntet das Paternoster sprechen. Ich brachte Eurem Vater da einen Falken mit, von dem hier der edle Kilian abstammt. Euer Vater hatte große Freude über die edle Art des Falken, den hatte ich in Cypern von einem Jäger gekauft, und will Euch erzählen, was dies für ein Jäger war, und welche wundersame Geschichte er mir von dem Falken sagte. Aber zuerst muß ich Euch zeigen, was mir Euer seliger Vater für meinen Falken geschenkt hat.« Da holte der alte Kilian einen schönen Vogelbauer von der Wand, der sehr künstlich von Paternosterkörnern zusammengesetzt war, in welchem ein ausgestopfter bunter Sittich saß, und da er ihn mit einem lächelnden Gesicht auf den Tisch gesetzt hatte, rückte er das Licht näher zu ihm hin und sagte: »Nun, mein Kind, kennst du den Sittich noch?« Ich sah den Vogel mit großer Aufmerksamkeit an, und es war mir, als hätte ich ihn in früher Jugend gesehn; auch erinnerte ich mich oft meiner Mutter, wie sie mir einen schönen Vogel, der sprechen konnte, zeigte. »Nun seht Ihr, Jungfrau«, sagte da der alte Kilian, »wie Ihr vergeßlich seid; Ihr erkennet Euren eignen Lehrmeister nicht mehr und Euren treusten Gespielen; von diesem Sittich habt Ihr doch das Paternoster gelernt und den Englischen Gruß, welches er Euch gar artig vorsprechen konnte; darum hat man ihm auch ein so frommes Haus erbaut, weil er ein so frommer Sittich war. Es hatte ihn der Bruder

Eberhard, Euer Oheim, ein frommer Mönch, mitsamt dem künstlichen Vogelbauer, aus dem heiligen Land gebracht und Eurem Vater geschenkt.« Nun erinnerte ich mich des Vogels, und wie ich ihm das Paternoster nachgesprochen, und auch der alte Kilian ward mir bekannter; ich erinnerte mich, wie er den Sittich wegtrug und ich heftig um ihn weinte. »Ja«, sagte der Alte, »seht, das ist Euer Schulmeister gewesen, und als er starb, habe ich ihn ausgestopft und ihn immer noch mit Freuden betrachtet, denn er hatte ordentlich Menschenverstand.« Der Vogelbauer aber war besonders sinnreich und von schönem wohlriechendem Holze, das Gitter bestand aus eingereihten Rosenkranzkörnern, oben auf dem Dache stand die Dreifaltigkeit ausgeschnitzt und die Worte: »Vater unser, der du bist im Himmel, geheiligt werde dein Nam.« Auf dem Ringlein, worauf sich der Sittich schaukelte, stand: »Zukomme uns dein Reich, dein Will geschehe im Himmel, also auch auf Erden.« Auf dem Tröglein stand: »Unser täglich Brot gib uns heut«, auf dem Türlein: »Führe uns nicht in Versuchung«, und so war alles gar schicklich angebracht. »Seht«, sagte Kilian, »an diesem Vogelbauer kann man lernen, was jegliches bedeutet, und kann man, wenn man die Gaben hat, das ganze Leben betrachten. Dieses herrliche Kunststück schenkte mir also Euer seliger Vater für den Falken, und Ihr mögt also wohl erwägen, was es für ein vortrefflicher Falke war. Da ich das nächste Mal wieder zu Euch kam, war Eure Mutter tot, und ich hab mit Eurem Vater herzlich um sie getrauert. Ich war auch des Herumstreichens müde, und einige Wunden, die ich davongetragen hatte, zwangen mich, mit dem Leben Rat zu halten: so kam ich dann durch Fürsprache Eures Vaters hierher aufs Schloß, wo ich der alte Haushüter geworden bin; meine Wege gehn nicht weit, und wo keiner zu raten weiß, fällt mir was ein, denn ich habe mancherlei gesehen und kanns brauchen.«

So sprach der alte Kilian noch lang mit mir, und ich gewann ihn sehr lieb. Auch setzte ich ein festes Vertrauen auf ihn und nahm mir vor, ihn in Zukunft immer um Rat zu fragen. Wenn ich gleich Siegmund hatte, so war Siegmund doch nicht so ruhig und erfahren wie er, und es war mir gar tröstlich, mit diesem treuen Mann, der meine Mutter so ehrlich geliebt und mich schon so früh gekannt, in vertraulicher Freundschaft zu leben; ich vermißte so den Vater nicht und konnte vieles von der Welt durch ihn erfahren, denn er war weit herumgekommen, überall geliebt worden und hatte alles, was er gesehen, mit treuen Augen aufgefaßt und gut behalten. Ich sagte ihm auch das und sprach: »Lieber Kilian, ich will nun Euer Töchterlein sein; habt Ihr meine Mutter so treulich geliebt, so will ich Euch das vergelten; Ihr sollt in Euren alten Tagen nicht ohne Liebe sein, drum will ich Euch ein gehorsam Kind sein und Euch erfreuen.« Das tat dem alten Mann gar wohl, und nahm er meine Hand und sagte: »O liebe Jungfrau, tut das nicht, denn ich werde bald sterben, und das täte uns leid, voneinander zu scheiden.« Da sprach ich zu ihm: »Das ist schon getan, ich bin Euch schon hold und halt es Euch treulich, wie Ihr meiner Mutter die Liebe gehalten habt.« »Nun, so will ich es noch einmal im Leben versuchen, dacht ich doch, mit mir spinne sich nichts mehr zusammen, und es gehe nun so gradezu ins andre Leben; seid mir dann herzlich willkommen, mein liebes Töchterlein! So bleibt mir dann meine große Treu zu Eurer Mutter nicht unbelohnt, und soll ich mich noch am Ende des Lebens so glücklich sehn.« Dabei ward er so froh, daß er Tränen vergoß, und erzählte mir in seiner Fröhlichkeit noch allerlei Geschichten, bis Siegmund und seine Mutter zurückkamen, die mich in vertraulichem Gespräch neben ihm sitzen fanden. Siegmund freute sich über uns, daß wir uns gefunden hatten, und da ich in den letzten Nächten nicht viel Ruhe gehabt hatte, gingen wir jedes nach seinem Kämmerlein. Meine Stube war über Kilians Wohnung, ich hörte ihn noch lange mit dem Falken plaudern, und dann sang er ein Schlaflied, worüber ich einschlief.

Während meine Mutter so erzählte, hatte ich immer die Augen auf sie gerichtet. Sie blickte nicht nach mir, sondern sah immer zum Fenster hinaus nach den Bergen oder wendete die Augen auf die kleine Stube. Ich saß an der Erde und hatte die Hände auf ihren Knien gefalten; sie saß am Fenster, auf den einen Arm gelehnt, und ihre andre Hand legte sie auf meinen Kopf und spielte mit meinen Haaren. Mannichmal ward ihr Anblick mir gar rührend, dann guckte ich an die Erde und weinte still, bis ihre Worte bald freundlicher wurden und ich wieder nach ihr hinsah; da hatte ich noch oft nasse Augen, wenn sie schon wieder lächelte, und ich saß da in einer sehr wunderbarlichen Bewegung, die mir unvergeßlich ist. Daher kömmt es auch, daß ich alles, was sie sprach, noch so deutlich erzählen kann, und wenn ich es erzähle, ist es mir immer noch wie damals. Es war auch nicht wie die Erzählung eines andern Menschen; es war, als träumte ich das alles, und wie ich so immer mit ihr bewegt wurde und sie immer ruhig fortsprach und es in der Hütte so still war, der Wald säuselte und wenige Vögel sangen, da hatte ich ganz vergessen, daß ich der kleine Johannes war. Ich habe auch nachmals bedacht, wie ich während der Erzählung meiner lieben Mutter ein ganzes neues Leben anfing; es gingen mir viele Sinne auf, ich ward mit der ganzen Welt vereiniget, und der andern Menschen Freude und Leiden ward nachher das meinige; auch ward mein Gebet in der Folge kräftiger und frommer, denn ich dachte dabei an meinen Großvater, an Siegmund, an den alten Kilian und an den getreuen Falken Kilian; ja alles, was ich von andrer Leben gehört hatte, war gleichsam das meinige geworden und betete mit mir.

Meine Mutter hatte immerfort gesprochen, da sie aber bemerkte, daß ich ein Stückchen Brot hervorzog und heimlich davon aß, um sie nicht zu unterbrechen, so hörte sie auf zu erzählen und sprach zu mir: »Lieber Johannes, ich merke wohl an dir, daß es Essens Zeit ist. Laß uns hinaus ins Freie gehen und unser Mittagsbrot essen, damit die Vöglein sich der Brosamen erfreuen können, die wir fallen lassen.« Da ging ich mit ihr, und wir setzten uns auf der andern Seite der Hütte in einen kleinen verwilderten Garten an einem Steine hin. Meine Mutter sah auf die andere Seite des Steines und sprach: »Es ist schon elf Uhr vorbei.« Ich verwunderte mich darüber, wie sie dies an dem Steine sehen könne, und da erklärte sie mir dies also: »Sieh da an diesem Steine die zwölf Striche, das bedeutet die zwölf Stunden des Tages, und das Eisen in der Mitte ist der Zeiger. Wenn die Schatten der Bäume lang sind, da ist es bald Abend, und wenn sie ganz kurz sind, da ist es Mittag; so ist es auch hier mit diesem Zeiger, der gleichsam ein kleiner Baum ist, und zu welcher Zahl sein Schatten hinfällt, das ist die Zahl der Stunde.« Ich verwunderte mich darüber und fragte meine Mutter, was das Kreuzlein bedeute, das an der einen Zahl geschrieben stand, und wer den Stein gemacht habe.

Da sagte meine Mutter: »An diesem Kreuzlein habe ich mich oft erfreut, wenn ich es sonst angesehen habe, und nun macht es mich gar traurig. Sieh, den Stein hat der alte Kilian gemacht; wenn er vom Schloß herüberkam zu meinem Vater, da hat er sich immer daher an den Stein gesetzt und dran gemeißelt, bis das Werk fertig war; in der letzten Zeit, da er Alters halber nicht mehr gut herüber konnte, hat er hier die zwölfte Stunde gemacht, und sieh, da stehen noch einige Buchstaben, das heißt: Lebewohl. Da nahm er Abschied und kam hernach nicht mehr herüber. Das Kreuzlein aber hat Siegmund gemacht, es ist bei der Stunden Zahl, in der er mich immer besuchte. Da ich aber einmal krank war, ist er hier an den Stein gegangen und hat hier gebetet für mich und hat das Kreuzlein zu einem Gedenken an diese Stunde eingehauen.« »Wo ist dann Siegmund, liebe Mutter?« »O, der ist vielleicht im Himmel. Alles, was wir lieben, ist im Himmel.« »Mutter«, sprach ich, »so will ich dich recht lieben, daß du in Himmel kömmst und ich auch.« Und da ward es wieder still bei uns, und wir aßen das Brot und Fleisch, das die Mutter in ihrem Korbe mitgebracht hatte. Da sie aber hinging, Wasser in einem kleinen Kruge zu holen, der noch in meines Großvaters Hütte stand, nahm ich ein Messer und grub ein Kreuzlein an die Stundenzahl, an der der Schatten stand, zu einem Gedenken dieses Tages, der mir der erste merkwürdige meines Lebens gewesen. Da das Kreuzlein fertig war, welches ich mit vieler innern Bewegung gemacht, wunderte ich mich sehr über dasselbe und konnte nicht recht begreifen, wie es nun dastand, wo sonst kein Kreuzlein war; und wenn ich viele Jahre nachher aufschrieb, was mir begegnet war, so mußte ich mannichmal zwischen die Worte ein solches Kreuzlein machen, denn ich empfand etwas, was ich nicht schreiben konnte.

Da wir unser Mittagbrot verzehrt hatten, so streuten wir die Brosamen umher für die Vögel und rüsteten uns zum Rückwege; ich bat meine Mutter, mir noch mehr von Siegmund und dem alten Kilian zu erzählen, aber sie verschob es auf ein andermal, denn wir hatten noch zwei Stunden nach Haus. Sie verschloß die Türen der Hütte, und wir gingen wieder stille durch den Wald. Wir waren beide traurig, aus der Hütte zu gehen, und redeten wenig. Da ich wieder in unsre Stube trat, sah ich mich um, ob auch alles noch stehe und liege wie am Morgen; ich glaubte, alles müßte sich verwandelt haben, so sehr schien ich mir selbst verändert; aber es war wieder wie vorher, und da ich abends im Bette lag, da spann meine Mutter wieder still vor sich hin und sang wie gestern:

Gott wolle uns vereinen,
Hier spinn ich so allein,
Solang der Mond mag scheinen.
Ich sing und möchte weinen.

Aber ich glaubte nun mehr zu begreifen, was sie so traurig wünschte, und betete stillschweigend für sie, bis ich entschlief...


»O lieber Johannes«, sprach da mein gnädiger Herr Ritter, der mir aufmerksam zugehört hatte, »ich verstehe recht gut, wie deine gute Mutter so traurig sang, und es kömmt mir dabei ins Gedächtnis, daß ich auch wohl oft so hätte singen mögen, wenn ich gleich ein Mann bin. Doch du hast mir schon vieles gelesen, und ich bitte dich nun, auszuruhen, deine Mutter sagte ja auch: Bis zu einem andernmal. Ich habe mich recht an deinen Worten ergötzt und bin auch lustiger durch sie geworden, auch will ich, daß du meinen Kindern das noch einmal wiederholest, damit sie in Zukunft mit zuhören können.« »O Herr Ritter«, sprach ich da, »wie erfreuet es mich, daß das, was ich getan, ehe ich Euer Diener war, mir schon Eure Gunst erwirbt. Gott gebe seinen Segen für meine zukünftigen Werke.«

Da ich diese Worte geredet, sah ich vier Jungfrauen den Baumgang zierlich gekleidet und mit züchtigen Gebärden heraufgehen und sagte es dem Herrn Ritter, wollte mich auch zurückziehen, um ihn in seiner Gesellschaft nicht zu stören. Der Ritter aber sprach: »Bleibe da, Johannes, es sind meine lieben Kinder, und ich will euch bekannt miteinander machen.« Ich aber war in mir besorgt und fühlte eine Scheu vor ihnen, denn ich hatte vorher nie mit solchen zierlichen Jungfrauen geredet, als wenn ich einen Zehrpfennig begehrte. Auch muß ich wohl bekennen, daß ich sehr beweget ward, wie ich die Jungfrauen durch den Lindengang heranwandeln sah. Ich habe auch nachmals dieses meinem Herrn Ritter erzählet, da wir schon so bekannt miteinander waren, daß in unsern Gesprächen keine Heimlichkeit mehr bleiben konnte. Ich sagte aber zu ihm, daß nichts ehrwürdiger und heiliger auf Erden erscheinen könne als ein züchtige, schöne und fromme Jungfrau, ja daß sie mir ehrwürdiger und rührender erscheine als das Alter selbsten. Das habe ich aber zuerst empfunden, da ich des Ritters Töchter erblickte, welche gleich glänzenden Engeln durch die grünen Gebüsche schritten; und war unter den vier Jungfrauen immer eine lieblicher als die andere, doch ohne daß sie hätten einander übertreffen können.

Sie neigten sich züchtig und freundlich vor meinem Herrn und grüßten dann auch mich sehr liebreich. Der Ritter aber sprach zu ihnen: »Sehet, das ist Johannes, mein Schreiber, ein frommer Schüler, den ich gestern auf der Straße gefunden und mitgenommen habe, daß er uns aus allerlei Geschichten zu nützlicher Ergötzung vorlese und auch meine liebe Kinder im Lesen, Schreiben und allen Künsten unterrichte, die er besitzet; und wollet ihn lieben und ehren wie euren Bruder, ich will ihn lieben und schützen als einen Sohn.« Da richteten die Jungfrauen ihre hellen Augen freundlich auf mich, und ich kniete nieder und sprach recht aus bebendem Herzen: »Fromme Jungfrauen, ich bin ein armer fahrender Schüler, habe auch auf Erden kein Eigentum, auch ist Vater und Mutter bei Gott, kein Bruder und keine Schwester ist mir geboren, die Welt war mir einsam und ein Tempel des gütigen Gottes, in dem ich betete wie ein fremder, ewig wandlender Pilger, der seine Heimat auf Erden nicht finden konnte; aber Gott hat mich erhöret, und wie ich auf meinen Knien flehte, da hat er meinen gnädigen Herrn, euren Vater, zu mir gesendet, der hat mich in die Arme geschlossen als seinen Sohn, und da seid auch ihr freundlich vor mir erschienen und wollt meine liebe Schwestern sein; so seid dann geduldig und mitleidig mit der Armut, und lasset uns alle den lieben Gott bitten, daß wir uns lieben wie seine Kinder.« So habe ich da gesprochen, und sind mir die Tränen über die Wangen geflossen.

Zuerst aber trat die größte von den Jungfrauen zu mir und hob mich freundlich auf mit den Worten: »O Johannes, du gleichest mir wohl; auch ich bin einsam auf Erden und eine Waise und habe an deinem Herrn einen Vater gefunden wie du.« Sie war vor den andern drei Jungfrauen sehr ausgezeichnet, nicht durch Schönheit, sondern durch ihr schwarzes Haar und Augen und eine angenehme Kühnheit aller Gebärden. Die zweite Jungfrau, welche langes blondes Haar hatte, nahte sich mir dann auch mit züchtigem Schritt und reichte mir ihren Rosenkranz zum Geschenke dar, indem sie mit ihrer andern Hand das weiße Schleierlein, das über ihrem Angesicht hing, leise aufhob und mich gar holdselig anblickte; aber sie hat nicht zu mir gesprochen. Ich hängte ihr Geschenk an meinen Gürtel und dankte ihr höflich.

Da trat die andre Jungfrau zu mir, neigte sich und reichte mir ihre Hand, an der sie ein goldnes Ringlein trug und sprach: »Willkommen, lieber Bruder« und lächelte. Ich grüßte sie höflich wieder, und alle lächelten, die zugegen waren, weil wir uns die Hände so munter schüttelten, als hätten wir schon viel Brot miteinander gegessen. Sie hatte ein hübsches seidnes Gewand an, und ihre Haare waren zierlich geflochten und mit farbigen Bändern durchzogen, auch war sie die fröhlichste unter allen.

Die vierte Jungfrau hatte aber auf das, was die andern getan, nicht geachtet; sie stand allein an einem Baum und schien gar traurig zu sein. Sie hatte Sternblümlein in der Hand und riß ihnen die Blätter aus mit einer großen Schwermut des Herzens. Ich ging darum zu ihr hin und wollte mir auch von ihr einen freundlichen Willkomm ausbitten, aber da ich ihr näher kam und ihr sagte: »Liebe Schwester, was betrübet Euch?«, da hatte sie das letzte Blättlein der Sternblumen ausgerissen und sprach mit wehmütiger Stimme zu sich selbst. »Ach, er kömmt wieder und liebt mich nicht.« Sie hob die Augen gegen mich auf, und da sie mich anblickte und ich sie wieder fragte: »Jungfräulein, was betrübet Euch?«, da stiegen ihr die Tränen in ihre großen Augen, und hielt sie die Hand vor das Angesicht und reichte mir mit der andern Hand die Stengel der Sternblümlein dar, an denen keine Blätter mehr waren. Ich nahm ihr die Blumen ab und dankte ihr, da sprach sie: »Lieber, ich habe sie in Gedanken zerrupft; ich will dir andere brechen.« Da bückte sie sich zur Erden und wollte andere brechen, aber ihr Ringlein fiel ihr von dem Finger in das Gras. Da suchten wir alle um das Ringlein und konnten es nicht finden, worüber sie immer noch betrübter ward. Endlich fand ich den Ring wieder und gab ihn ihr zurück; da dankte sie mir und sprach zu den andern Jungfrauen: »Mir steht groß Leid bevor, ich habe einen traurigen Traum gehabt, und viel heimlicher Schmerz und Sorge zehren an mir. Vorigen Mai, nun ist es ein Jahr, da ich dies Ringlein erhielt, da war es mir viel zu enge und schmerzte mich, aber nun fällt es mir von der Hand. Ach, es steht keine Treue auf Erden fest.« Da weinte sie wieder, und die andern Jungfräulein trösteten sie und vor allen jene, welche mich von der Erde aufgehoben hatte. Die sprach zu ihr: »Liebe, Treue steht wohl fest, das Ringlein ändert sich nicht, aber deine Hand hat sich verwandelt; könntest du das Ringlein in dein treues Herz verschließen, so wäre es wohl verwahret. Ich habe mir den Frühling zu meinem Liebsten erwählt, der bleibt ewig treu und kehrt immer liebevoll zur Erde zurück, und die Tautröpflein sind die Freudentränen des Wiedersehens. O weine nicht bei so fröhlicher Zeit.«

Da sie also gesprochen hatte, läutete man zur Messe in dem Münster, und die Jungfrau mit dem Schleierlein sprach zu der betrübten: »Laß uns zur Kirche gehen und Gott bitten, daß er dir Frieden sende«; und gingen also die vier Jungfräulein von uns hinweg zur Kirche.

Der alte Ritter hatte währenddem immer zugesehen und sich an den Worten seiner Kinder ergötzet und fragte mich nun: »Johannes, wie gefallen dir meine Kinder?« »Herr«, sagte ich, »ich bin nicht so kühn, über die Holdseligkeit dieser Jungfrauen auszusprechen; ich kann auch heute nicht wohl sagen, wie mir der Mai gefällt und wie mir mein neues glückliches Leben gefällt, denn ich bin allzusehr in Freuden gefangen, und hat die innre Bewegung meiner Seele gleichsam meinen Gedanken und Worten Feßlen angelegt.« Da sprach der Herr wieder: »Johannes, ich glaube, meine Kinder gefallen dir nicht wohl, weil du nicht reden willst«, und ich erwiderte:

»O gnädiger Herr, wie verdiene ich solches Vertrauen; es ist wahrlich nicht, als erschienen mir Eure Töchter nicht alle lieblich und fromm, aber es ist mir wohl oft schon so auf meinen Wanderungen ergangen; wenn ich durch die Städte und Dörfer hinzog und um das liebe Brot sang, und es trat eine schöne Jungfrau an die Türe und reichte mir eine milde Gabe und bat mich, ich sollte ihr noch eins singen, da konnte ich auch keinen Ton mehr vorbringen und sprach: ›Ich will Euch in mein Gebet einschließen.‹ Wenn ich dann wieder durch die grünen Felder und Wälder hinschritt und der liebe blaue Himmel über mir lag und tausend Vögelein lustig um mich sangen, da setzte ich mich in die Büsche und verzehrte singend mein Mittagbrot oder kniete in einer einsamen Waldkapelle und betete für die Mitleidigen, die mit mir geteilt hatten. Da habe ich oft über Gebet und Gesang nachgedacht und habe gefunden, daß Gebet und Gesang wohl Schwestern sein mögen, die sich einander herzlich lieben und nie sich voneinander ganz trennen können; nichts aber ist mir dann herzlicher und entzückender vorgekommen, als wenn sich diese zwei Schwestern liebend umarmten.«

»Lieber Johannes«, sprach da der Ritter scherzhaft, »hast du wohl die zwei Schwestern gesehn? Sie müßten gar schön gestaltet sein und sich wunderbar freundlich und holdselig bezeigen.« Darauf antwortete ich ihm: »Wer diese zwei Töchter des Himmels recht begreifen und anschauen will, der muß sie selbst im Herzen tragen und muß selbst beten und singen können, dann erblickt er sie überall wieder und sieht, wie sie im Innersten alles Lebens wohnen; und dann fühlt man erst recht, wie die ganze Erde und alle Geschöpfe Gott loben, wie alles Leben mit seinem Wandel, seinen Freuden und Leiden nur ein heiliges Feuer ist, in dessen tausendfältig spielenden Flammen sich die Liebe des allmächtigen Gottes selbst entzündet hat. Ach, dann hört alle Einsamkeit auf Erden auf und aller Zweifel, und ist einem frommen Menschen das Leben recht wie der heilige Tempel zu Jerusalem, wenn um das heilige Grab des Herrn Jesus Christus tausend Pilger aus allen Weltgegenden zusammenströmen und nur eine einzige Stimme in vielen verschiedenen Sprachen zu Gottes Lobe erheben. Aber nicht in allen Menschen, nicht in allen Geschöpfen ist die Andacht dieselbe, und hat auch jedes Wesen seine eigne Art, welche es immer zu erhöhen und zu verschönern sucht, um dem Tempel Gottes eine Zierde zu werden. Der Mensch aber ist nach Gottes Ebenbild erschaffen, und er ist der Spiegel der ganzen Natur; nur wenn der Mensch verdirbt, verdirbt die Erde, und nur wenn der Mensch recht blüht in Tugend und Kraft der unsterblichen Seele, wird auch die Erde herrlich zu Gottes Lobe entflammen, denn er ist als Herr und Meister in den Garten gesetzt worden, daß er Rechenschaft davon gebe.« »Deine Rede gefällt mir gar wohl«, sprach da der Ritter, »aber es sind doch nicht alle Menschen gleich stark und mächtig erschaffen, und kann doch nicht ein jeder dem andern gleich sein in der Zahl der guten Werke.«

»Herr«, erwiderte ich ihm, »die Anzahl tut es nicht, denn der ist wohl frommer, dessen ganzes Leben ein einziges gutes Werk ist, als der, welcher seine Handlungen zählen kann. Wer vermag unsers Herrn Jesus Tugenden zu zählen? Ist er nicht wunderbar geboren aus unendlicher Liebe, und hat gelebt wie die Ewigkeit der Tugend, und ist gestorben, um den Tod der Sünde von uns zu nehmen? Die Ewigkeit ist ohne Zahl und Maß, und die Ewigkeit ist die Krone der Tugend; auch ist die Tat nicht die Tugend, sondern der ewige Wille, die unendliche Liebe, das lebendige göttliche Streben ist die Tugend; die Tat ist nur ein Kind der Tugend, die Tugend aber soll das ganze Leben sein, auf Erden das streitende und im Himmel das triumphierende Leben. Die Blume, die ihr künstlich im Winter erziehet, sie ist kein Kind des Frühlings und wird früher sterben, so auch die Tat ohne Leben. Nicht die Blümlein hier im Garten, die wohl zu zählen sind, sind der Frühling, nicht der freudige Mai, der nicht lange währet, ist die Herrlichkeit der Natur, nein, er ist gleichsam nur wieder eine Blume im Garten des Jahres. Die Ewigkeit der Natur, die unendliche lebendige Liebe und Allmacht Gottes, die nicht zu zählen und zu ermessen ist, sind das Wesen der Tugend; denn Gott hat gesagt, daß wir tugendhaft sind, wenn wir ihm ähnlich werden.

Ich habe einen Gärtner in Franken gekannt, der wohnte nur wenige Stunden von unserm Dorfe und war ein gar frommer und liebreicher Mann, der seine zahlreiche Familie und seinen eignen alten Vater mit seinem Garten ernährte, und wer schöne Blumen und Früchte verlangte, der kaufte sie bei ihm. Ich habe mich oft bei diesem frommen Mann aufgehalten und wohl bewundert, wie er seine Arbeit eingeteilt hatte. Er grub die Erde um mit seinen größeren Söhnen und setzte die jungen Bäume und Gewächse, seine gute

Frau band die Stämme an Pfähle, um sie schlank und grad zu ziehen, und zog die Zweige zu Lauben und Hütten zusammen, seine frommen Töchter, die noch gar klein waren, pflegten die Blumen und begossen sie aus kleinen Gefäßen, und unter einem hohen starken Baume, den er einst selbst gepflanzt hatte, saß sein alter Vater unter den kleinen Kindern und band die Blumen zu Sträußern, die die erwachsene liebe Tochter zierlich geordnet hatte und dann an Festtagen nach der Stadt zum Verkaufe trug. So war eines jeden Werk ein anderes, aber alle taten doch das ihrige und waren fromm und von Gott gesegnet. Eine rechte Freude, ja auferbaulich war es anzusehn, wenn diese lieben frommen Gärtner in die Kirche gingen, sie machten ordentlich eine kleine Prozession. Sie waren alle mit Blumen geschmückt, und an Festtagen schmückte jedes Kind das Bild seines Patrons mit schönen Kränzen und Sträußern. In der Kirche erhob sich Gesang, klingend und lieblich über alle andre Stimmen, denn sie waren alle reinen Herzens und voll innigem christlichem Mut. Wenn sie zusammen im Garten arbeiteten, so war dieser auch gleichsam ein lebendiges Gotteshaus, denn sie waren da alle einig und fromm wie Kinder Gottes und sangen oft einstimmig ein fröhliches Loblied des Herrn; die Kleinen aber, die um den alten Großvater herum saßen, hörten ihm zu, wie er sie im christlichen Glauben unterrichtete und ihnen heilige Geschichten erzählte. Bei diesen Leuten habe ich am meisten Gutes gelernt und habe ihnen vieles zu danken, das wie Samenkörnlein in mein Herz gefallen und jetzt erst recht zur Blüte in mir emporgewachsen ist. Denn, lieber gnädiger Herr, man kann wohl sagen, daß die Tugend das ist, was ewig belebt und alles zum unvergänglichen Wachstum bringet; und daß das Böse den ewigen Tod in sich fasset und unaufhörlich zerstöret. Ich kann wohl sagen, in ihnen hatte sich Gesang und Gebet recht innig verbunden, denn sie waren jegliches in seinem Herzen still und demütig in kindlicher Anschauung Gottes und der wunderbaren Allmacht seiner Werke begriffen, und zugleich breitete sich ihr Gemüte freudig und gesund durch ihr Leben aus; sie konnten in allem, was sie sahen, den großen gütigen Meister der Natur verehren und anbeten, aber sie konnten auch in allem, was sie besaßen, mit recht lebendiger Fröhlichkeit sich ergötzen und es genießen. So waren sie glücklich und Gott lieb in Unschuld und ohne es zu wissen.

Nun aber gibt es fromme Menschen, welche in dem Leben wie einsame Waldblumen schweigend blühen, die aus innerm ruhigem Treiben ihr Haupt bescheiden zum Himmel erheben und in sich und um sich Gott in tiefer Einfachheit verehren; sie sind wie Bilder der ewigen Ruhe und des heiligen Friedens in das stürmende Leben gestellt, dessen wunderbarer Wechsel sie nicht berührt, sie sind gleichsam betrachtungsvolle Greise mit kindischen jugendlichen Locken und sehen nur Gott in allem und fürchten sich nicht vor ihm, er ist ihnen ein gütiger Vater, und ihr Gebet ist zu Gott, wie die Rede der kleinen Kinder zu ihren lieben Eltern, stammelnde unschuldige Freundlichkeit; sie sehen nichts als ihren Gott und wollen nichts als ihn lieben, wie auch die kleinen Kinder tun, und wie diese weinen, wenn sie allein sind, so liegen auch jene in tiefer Buße und flehen zu Gott, wenn er sich von ihnen wendet. In ihrem Herzen ist das Gebet, ihr Leben ist ein ewiges stilles Gebet, auf ihrem Angesicht ruht freundliche Begeisterung, und wir werden durch ihre Gegenwart erquickt und auferbaut.«

Während ich so redete, sah ich meinen Herrn ganz nachdenklich werden und schwieg derohalben stille, um ihn in seinen Gedanken nicht zu stören. Bald aber wendete er sich lächelnd wieder zu mir und sprach: »Ich habe über deine schönen Reden nachgedacht, denn ich kann nicht sogleich alles recht begreifen und habe dergleichen Worte nicht viel in meinem Leben gehört; aber es ist wahr, was du sprichst, und ich sehe dessen ein schönes Beispiel an meinen zwei Töchtern.« »Herr«, sprach ich da, »sind denn nicht alle diese Jungfrauen Eure Kinder?« »Nein, Johannes«, erwiderte mein Herr, »nur die mit dem Schleierlein und die mit dem weltlichen Röcklein, welche dir so munter die Hand schüttelte, sind meine Kinder; die beiden andern sind arme Waisen, von mir und meiner seligen Hausfrau zu Gottes Ehre aufgenommen; doch habe ich sie nicht weniger lieb als meine eignen Kinder, denn sie sind gut und fromm nach ihrer Art, wie du selbst gesagt hast, daß ein jegliches Gemüt auch seine eigne Gebärde habe. Du hast vorhin Gesang und Gebet mit zwei Schwestern verglichen, und ich fragte dich scherzhaft, ob du sie wohl je gesehen, und meinte, sie müßten gar holdselig aussehen; aber jetzt weiß ich gar wohl, wie sie aussehen. O Johannes, wie du mir sprachst von jenen gottseligen und freudigen Gärtnern in deiner Heimat, da mußte ich immer an mein fröhliches und frommes Töchterlein Gundelindis gedenken, welche dich so herzlich begrüßte; und als du von jenen redetest, die da sind wie die stillen Waldblumen, da stand mein Töchterlein Otilia immer vor meinen Augen.« Als der alte Herr diese Worte geredet, flossen ihm die Tränen über die Wangen, und reichte er mir die Hand. Ich fragte ihn um seine Betrübnis, aber er war nicht betrübt; seine Trauer war die rührende Farbe des Abendlichtes ohne Schmerz. »Johannes«, sprach er, »ich gedachte an meine selige Hausfrau, wie sie das erfreuen würde zu hören, wie ich die Kinder nur liebe, mich an deiner schönen Rede ergetze und alles nur auf die Kinder auslege, was du sprichst. Wenn ich nun diesen weiblichen Mut in mir fühle und gedenke zurück an die gewaltige Bewegung meines Lebens in Waffen und Reisen, da ich noch ein Mann war, so wird mirs nachdenklich in meiner Seele, und ich fühle, wie sich alles hinneigt zum Ziel mit Lächeln und Tränen.« »Herr«, sprach ich, »der Mensch hat einen Engel, der ist sein Geleitsmann, und wenn wir alt sind, so lehrt er uns spielen, daß wir uns des Stolzes entwöhnen über weltliches Werk und er uns als Kinder vor Gott führe, und Lächeln und Tränen sind der Kinder Weisheit und Schwachheit.« Nach diesen Worten reichte mir mein Herr die Hand und sprach: »Gesegnet sei die Stunde, da ich dich gefunden, deine Reden sind mir wie ein Abendgebet, ich will sie mit Andacht hören und dann schlafen gehn.« »Herr«, sprach ich da, »und ich will dann wachen und beten die Nacht an Eurem Lager und harren, bis ich Euch wiederseh am Morgen.«

Da wir so geredet hatten, wurden wir still, denn man schweigt gern, wenn man mit frommen Worten den Tod berühret hat; auch habe ich das oft bemerkt auf meinen Wanderungen bei mancherlei Erzählungen und Unterredungen, da ich etwa auch selbst nach meinem kindischen Verstand mitgesprochen, daß eine recht lebendige Betrachtung geistlicher oder weltlicher Dinge gewissermaßen dem menschlichen Leben ähnlich ist. Mit kleinen unschuldigen Worten hebet sich die Unterredung an und steigt auf unter wechselnden Gedanken und hat ihre Unmündigkeit und ihren Jugendmut in anmutigem Ungestüm und wendet sich zu Gutem oder Bösem; oft auch begegnet ihr ein ernsterer, würdigerer Gedanke und führt sie wie ein erfahrner weiser Meister zu einer reinen ewigen Bahn; und wenn sie dann in wirksamer Deutlichkeit alle ihre Kraft verwendet, um in den Gemütern der Redenden und Zuhörer, in denen sie lebt wie der Mensch in der Welt, ihr Werk zu vollenden und ihr eignes Wesen durch ein zurückbleibendes Zeichen zu befestigen, dann sinkt sie wieder in kindische Unschuld und verstummt gerne mit einer lächelnden Wehmut über die Vergänglichkeit des irdischen Lebens, sich hinwendend mit Sehnsucht und Hoffnung zu Gott und dem Göttlichen; und das ist der schöne Tod einer schönen Rede, deren Ewigkeit besteht in der Heiligkeit und Würde ihres Inhalts, die in den lebendigen Boden der zuhörenden Seelen fallen und Gutes entzünden in alle Ewigkeit; ihre Sterblichkeit aber ist der Klang des Worts, das da schallt und verstummt, damit ein andres folge, und damit der Gedanke ganz hingebaut stehe, wie der Bogen einer Brücke, leicht aufwärtssteigend und niedersinkend, oben drüber gespannt der ewige Bogen des Himmels und unten hin strömend das treibende wilde Wasser. Oft auch habe ich mich getröstet über das Hinfällige des Lebens mit dem Verhallen erhebender Worte, süßen Gesanges und erfreulicher Töne, denn ich habe in meiner Seele empfunden den Nachklang bei den Tönen; und die

Erinnerung und lebendige Wirkung der Rede, erhebend und stärkend zu allem Guten, die lagen in ihr wie die Wurzel in der Erde, die den Stamm nicht sieht über dem blühenden Aste wie eine andere Wurzel zum Himmel dringen, und über der lebendigen Wurzel da grünt es, wenn es unten gleich dunkel ist. So mag auch der Gedanken, der ausgesprochen ist, blühen in andrer Welt; so mag der Mensch, der im Leben steht wie die Wurzel in der Erde, blühen im Himmel; denn das Gute ist das Lebendige, und das stirbt nicht, nur das Belebte stirbt. So hatte auch unsre Rede einen schönen Tod gehabt, und ich fühlte, da wir still wurden, daß es süß ist, zu sterben nach einem schönen frommen Leben.

Die Sonne aber war unter unserm Gespräche hochgestiegen, und nahte sich der Mittag, da trat ein Diener meines Herrn in den Garten und sagte ihm hereinzugehen; es wären Herrn des Rates da, die ihn sprechen wollten. Da verließ mich der edle Herr und folgte dem Diener, und ich ging noch im Garten und gedachte an das Meinige. Ich gedachte aber, wie daß ich viel und mancherlei geredet hatte und wie es mir einigemal gewesen, als wäre ich allein und sähe meinen Herrn gar nicht, ja ich wüßte gar von mir selbsten nichts, und hob sich nur mein Herz empor, daß es überfloß. Das wunderte mich, und war mir wohl dabei, auch wünschte ich immer so zu sprechen, denn man fühlet alsdann Trost und erquickliche Ruhe, als habe man gebetet.

In solchen Gedanken schaute ich die Blumen an der Erden und den klaren Himmel an, fühlte auch eine große Liebe zu ihnen. O Lust und Freude, dein Mittelpunkt ist ein unschuldig Herz! So war mir da, und da ich dem Sommerhäuslein nahe kam, ging ich auf mein Kämmerlein und habe niedergeschrieben bis hierher, was mir an diesem Morgen begegnet, um des willen, daß es mir selbst merkwürdig war und daß ich gedachte, diese Geschichten könnten wieder jemanden erfreuen, wenn ich es gleich nicht wußte, wen; denn als ich das niederschrieb, was ich heute meinem Herrn Ritter von meiner Jugend vorgelesen, gedachte ich ja auch nicht daran, daß es ihm gefallen würde. Darum ist dies alles niedergeschrieben in Demut und nicht in Hoffart, der fern von mir ist; ich bitte auch Gott, daß er mir beistehe, in Wahrheit also fortzufahren, und jeden andern, der größere Dinge niederschreibt, mit derselben Gnade erleuchten möge. Amen. –

Zur zwölften Stunde bin ich von dem Diener zu des gnädigen Herrn Tisch gerufen worden. Der Diener aber schaute mich, da wir über den Hof gingen, öftermalen an, und als ich ihn um die Ursache fragte, sagte er, wie ihm mein neues Kleid nicht übel gefalle, und könne ich ihm wohl danken, denn er habe dasselbe heute die ganze Nacht durch genäht, und freue er sich, daß es ihm so gut gelungen ohne Anmessen; er wolle mir auch noch Falten auf die Ärmel nähen, wenn mir das lieb sei. Ich dankte ihm und sagte, es sei bereits wohl zu schön für mich, und versprach ihm gute Freundschaft. Da ich in den Speisesaal trat, hatten sich der Herr und zwei Gäste bereits zum Gebet gestellt, auch standen bei der Tafel die vier Jungfräulein. Der Ritter stand zu oben, die zwei Ritter, als der Junker Ludwig von Müllenheim und Herr Conrad von Dunzenheim, zur Seiten, und dann die Jungfrauen; ich aber stand dem Ritter gegenüber. Die Jungfrau mit den schwarzen Haaren sprach das Gebet, und dann setzten wir uns nieder. Otilia aber und das traurige Mägdlein gingen zur Küchen, und Gundelindis diente zu Tisch als eine Magd, und saß nur, die gebetet hatte, zu Tisch. Da war mancherlei gutes Gericht und auch Weins genug, aber ich war blöd und hatte wenig Gelüsten; auch nötigte mich Gundelindis oft zu essen, aber ich hörte mehr den Reden der Herrn zu, als daß ich auf die Speis achtete. Sie sprachen von der neuen Glocken, die sollte für den Münster gegossen werden, und waren sie nebst meinem Herrn die Pfleger des Werks. Diese Glocke ist dem Meister Görgen von Speier, einem Bürger zu Straßburg, verdingt worden, den Zentner um einen Gulden zu gießen, und hat man eine Hütte und Ofen auf dem Fronhof neben der Steinhaucrhütte gemacht. Da habe ich mich wohl verwundert, welches große Werk das werden sollte, dann es sprachen die Herrn, wie man Meister Görgen schon außer dem alten Zeug, das man in Vorrat gehabt, an Kupfer für 1800 Gulden und an Zinn für 1032 Gulden gegeben habe. Die Herrn freuten sich sehr, daß eine solche Glocke, wie groß keine derweil bekannt war, Gott und Marien, der Königin und Patronin des hohen Stifts Straßburg, zu Ehren sollte zustand kommen. Da sprach mein Herr, der Ritter Veltlin von Türlingen:

»O, was ist es eine herrliche Sache um den hellen herzgreifenden Klang einer Glocken, die, erhaben über unsre Häupter, gleich einer mächtigen Stimme des Himmels zu uns allen aus dem Gewölk spricht. Wenn ich nachts erwach und oft mancherlei Gedanken hab über das Leben und oft ängstliche Sorg trage über die Meinigen, da schlägt die Glock an, und mein Herz wird ruhig; denn ich freu mich, daß ich weiß: nun loben viele Gott, und mancher betet mit mir in gleichen Gedanken.«

Ritter Conrad von Dunzenheim sagte darauf: »Ich hab oft gedacht, wie es wohl muß trauriger gewesen sein und noch keine rechte Frömmigkeit, kein rechter Bürgersinn unter den Leuten, da man noch keine Glocken hatte; dann eine Stadt ohne den Klang einer lieben Glocke ist mir gleich einem Stummen, der in Gesellschaft nicht wohl leben kann.«

Junker von Müllenheim sprach: »Wenn ich über Land reite und höre eine Glocke schallen, wird mir immer wohl ums Herz, und find ich mich zum Guten immer mehr gestärkt. Ich weiß nicht, ob es ist, weil die Glocken zur Ehre Gottes gesegnet sind, oder ob es der muntre kräftige Schall selbsten ist, der mir den Klang so mächtig macht, aber ein Schloß oder Städtlin zu bestürmen oder zu zerbrechen, ist mir immer schwerer worden, mit dabei zu sein, wenn ich die Sturmglocken so ängstlich summen hört und sah, wie sie so sorglich im Turm hin und her schwankte.«

Die Reden der Herrn gefielen mir gar wohl, und da mein Herr das an meinem Angesicht bemerken mochte, fordert' er mich auf, auch meine Gedanken zu sagen, worauf ich sprach: »Ich bin mit Euch ganz einer Gesinnung, daß eine Glocke gleich ist der Zunge einer Stadt, die mit einer kräftigen hellen Stimme zu ihren Bürgern spricht und sie zu dem Gedanken ermuntert, daß sie zusammenwohnen in Eintracht und Sippschaft, und es ist recht wunderbar, wie sie einem jeden sagt, was ihm gut ist, dann derselbe Klang, der den einen zum Beten ruft, hält den andern vom Fluchen ab; sie zeigt einem Bürger sein Ruhestündlein an und ermuntert seinen Nachbar zum Geschäft, sie ist ein Trost der Kranken, ein Zuspruch der Gefangenen, und rufet den Mann, der auf einsamer Wache steht, mit frischer mutiger Zunge an. Auch wie auf Erden der Mensch kein Geschöpf erkennen mag, an dessen Vollkommenheit die göttliche Allmacht herrlicher erkannt werde, als seinen eignen Leib und Seele, der nach Gottes Ebenbild erschaffen ist, so ist all sein Bemühen und Trachten, was er beginnt und vollbringt, sich und seinem

Nächsten zu Nutz gleich den Gliedern seines Leibes in wohlgeratener Ordnung zu bilden. So ist dann oft gar schön eine wohleingerichtete Stadt dem gesunden Leibe eines Menschen verglichen worden, und so denk ich mir dann die Kirche wie das Gewissen und Herz dieser Stadt, wo ein jeder den lieben Gott findet und sich seiner teilhaftig macht; und ist die Glocke wohl der Zunge zu vergleichen, die zu den einzelnen Gliedern spricht: ›Wir sind eins in mannichfacher Verrichtung; betet, ruhet, arbeitet, helfet, lachet oder weinet, aber wir sind eins, wir leben; so lasset uns leben, daß wir ewig leben mögen!‹ Auch finde ich es schön und löblich, daß man die Glocken einweihet und gleichsam tauft, daß man mit feierlicher Handlung sie empfängt aus der Hand des Werkmeisters und sie aufnimmt mit geistlichen Zeichen zu ihrem geistlichen Gebrauch, und ob mich rühre der helle muntere Klang des Metalls oder die Macht des Segens, der über das Metall gesprochen ist, mag ich nicht wohl unterscheiden; denn, so wie die Zunge des Menschen gesegnet ist und auch seine Rede durch seine Seele, also ist die Glocke gesegnet durch die Weihe des Priesters, und die Weihe ist wieder Klang von Gott, so wie die Seele und die Rede auch von ihm ist.«

Da ich also gesprochen hatte, belobte mich dessen mein Herr und auch seine Gäste, die aufmerksam zugehört hatten, und sprach: »Ich muß mich wohl verwundern, wie du so schön von Glocken redest und ganz bewegt dabei wirst; sag mir doch auch deine besondere Ursache, daß du die Glocken so liebst.«

Da sprach ich: »Eins hab ich vergessen zu melden von der Glocke, und das ist nicht die geringste ihrer Eigenschaften, mit denen sie des Menschen Herz erfreut; das ist die Gastfreiheit und Milde ihres Klangs, der hoch über die Mauren der Stadt hinüber die müden und armen Wanderer begrüßt und ihr Vertrauen zu Gott und den Menschen ermuntert; ihr Klang ist den Heimatlosen und armen Waisen eine tröstliche Einladung und erweitert die Ringmauern der Stadt geistlicher Weise für die, welche die Nacht auf einsamer Straße ohne Hülfe als die Gottes findet. Und das habe ich so gar herzlich vorgestern abend empfunden, da ich noch ohne Obdach und Aussicht ein Bettler auf der Straße war; da wollte mir beinah der Mut entsinken, da ich die Sonne so rötlich am Himmel untergehn sah und es schon still ward im Wald. Sieben Wochen war ich nacheinander gereist, keinen Tag stillgelegen, und hatten meine Schuh fast keine Böden mehr, da riet mir zu Basel ein freundlicher Mann, ich sollt nach Straßburg ziehen, daselbst sei leichtlich unterzukommen. Da ich nun zu Abend bis in den Wald kommen war, wollt mir aus Müdigkeit und Hunger der Weg gar weit werden, auch dacht ich mir, der Weg könne wie viele Stunden, die ich schon gemacht, gar umsonst sein, und war also gar traurig; und da ich ans Ende des Blobsheimer Waldes nah bei einer alten Kirche stand, sah ich von ferne drei feine Dörfer, mit Schlössern und Kirchen gezieret, als Blobsheim, Wibelsheim und Eschau, die lagen am rötlichen Himmel gar schön abgezeichnet, Da setzt ich mich unter einen Baum, zu ruhen und mein Abendgebet zu verrichten, klagte Gott dem Herrn unter Tränen meine Armut, der ich nun so lange im Elend herumgewandert und meines Elends kein Ende wußte. Und was Elias unter der Wacholderstaude von Gott erbeten, eben darum flehte ich unter dem Eichbaum; er wolle nunmehr meine Wanderschaft zu einem seligen Ende führen, meinen Leib der Ruhe geben und meine Seele zu sich nehmen oder aber mit mir, wie mit seinen Jüngern zu Emmaus, heute in einem der vorliegenden Örtlein und morgen zu Straßburg hilfreich einkehren. Da ich nun in diesem meinem Gebet und fast in traurigen Gedanken einschlief, erweckte mich der helle liebliche Klang der Abendglocke von Eschau; da fühlt ich mich mit einem wunderbarlichen Vertrauen durchdrungen und ging stracks auf Eschau los, und da war auch mein Engel nicht fern, und hatte Gott mein Gebet erhört, denn allda fand ich Euch, mein gnädiger Herr. Darum mögt Ihr mir wohl meinen Eifer, mit dem ich von der Glocke geredet, zugut halten.« Und da der Diener herein kam und meinen Herrn hinausrief in den Vorsaal, es wollten zwei Handwerker mit ihm reden, begab er sich hinaus. Da sagte der Junker von Müllenheim zu mir: »Ihr seid für Euer Ansehen gar gelehrt und sprechet tiefsinniger als ein Doktor, und wundert es mich zu hören, wer Ihr seid.«

Da sagt ich, wie ich, Johannes, ein fahrender Schüler sei aus Burg Eberach und seit gestern abend ein Schreiber des Ritters Veltlin von Türlingen. Da fragte mich Herr Conrad von Dunzenheim. »Wie seid Ihr dann an Herrn Veltlin gekommen und durch wessen Empfehl?«

Da sprach ich: »Durch des Herrn Ritters Barmherzigkeit und Gottes Güte. Ich fand nahe bei dem Stift oder der Schaffenei zwischen sieben und acht Uhre Herrn Veltlin von Türlingen, neben ihm standen der Kirchherr von Eschau und etliche andere Vornehme von Adel, mir als einem fremden Wanderer alle unbekannt; da blieb ich mit meinem Bündel aus Scheu fern von den Herrn und bat bloß den geistlichen Herrn um einen Zehrpfennig an. Da rief mich Herr Veltlin mit gemeinen bürgerlichen Worten zu sich und fragte mich, von wannen ich käme, wohinaus ich wollte und was auf diesmal mein Begehren wäre. Da sagt ich ihm höflich, ich bin ein armer Schüler aus Frankenland gebürtig, sei auch etliche Wochen der Schule nachgezogen, habe jetzt meine Reise nach Straßburg gerichtet und werde durch meine äußerste Armut gezwungen, fromme Leute demütig um einen Zehrpfennig anzusprechen. Darauf antwortete mein gnädiger Herr: »Bist du ein armer Schüler und mußt dein Nahrung erbetteln, so bin ich auch deines Handwerks; ich bin vor Gott ein Bettler und muß noch täglich lernen. Zieh aber in Gottes Namen nach Straßburg zu, dann zu Straßburg sind noch viel frommer Leute, und wann du fromm bist, so wird dir Gott auch bei frommen Leuten unterhelfen.« Darauf befahl er seinem Diener, mir den Zehrpfennig zu geben. Der gab mir zwei Mönchköpfe oder sechs Batzen; worüber ich nächst seiner tröstlichen Rede so froh war, daß mir die Augen überliefen, denn ich gar wohl bedachte, was ich erst vor zwei Stunden unter der Eichen zu meinem Gott gesprochen hatte. Da ich nun meinem Herrn gedankt hatte, eilte ich mit großer Freude der Herberg zu, blieb allda über Nacht und trank eine halbe Maß Wein um einen Kreuzer und brachte in inniger Fröhlichkeit meinem Wohltäter manchen heimlichen Trunk zu, worauf ich mich mit leichtem frohem Herzen zu Ruhe begab. Gestern morgen nun stund ich früh auf und reiste nach Straßburg. Unterwegs kam Herr Veltlin auch geritten mit seinem Diener, er grüßte mich mit einem ›Bona dies‹; auch hatte er die Liebe, und ließ sich in ein lang Gespräch ein mit mir, und da ich ihm wohlgefiel, nahm er mich auf als einen Schreiber und sagte mir seinen Namen, daß ich ihn erfragen könnte; worauf er mich verließ und schneller ritt. Solang ich ihn sehen konnte, stand ich still und sagte: ›O Gott, wolle diesem Herrn hier die zeitliche Wohlfahrt und dort das ewige Leben geben!‹ Und da er hinter einem Hügel verschwand, war mir es, als sei alles ein Traum, und dacht ich: Ach, wenn dein Glück wirklich verschwunden wäre! Da rafft ich mich zusammen und lief bis vor Straßburg hin und kam heran zu dem Herrn, der mich mit Liebe überhäuft hat.«

Da ich also gesprochen hatte, kam Herr Veltlin wieder herein mit zwei Zimmergesellen und sprach zu seinen Gästen: »Hier bring ich zwei wackre Männer, die haben sich was gar Großes verheißen, das ihnen bei Gott und der Welt Segen bringen mag. Sie haben sich erboten, den Glockenstuhl zur großen Glocken zu Gottes Ehre und ihrer Freundschaft zum Gedächtnis ohne Lohn zu machen, und wollen um die Vergünstigung bei den Pflegern des Werks ansuchen.«

Die Herrn verwunderten sich darüber und stellten ihnen vor, das Vorhaben wohl zu bedenken, da solches kein Leichtes sei und sie gereuen könnte. Da haben sie sich aber mit großem Eifer anerboten, ihres Vorhabens gerichtliche Gewährschaft zu leisten, und nannte sich der eine Medard von Landau; der andre, Hans Eckstein, war ein Bürgerssohn von Straßburg; und als die Herrn sie fragten, warum sie an solch großes Gelübd als noch ledige Leute gekommen seien, wollten sie es nicht gern offenbaren und sprachen: »Das mag bei uns bleiben und vor Gott.« Da schaute ich mich um nach ihnen, denn sie standen hinter mir, und ich wundert mich sehr, weil ich sie wohl erkannte; auch kannte mich der Medard von Landau und grüßte mich; da grüßte mich auch Hans Eckstein und schüttelte mir die Hand. Herr Veltlin sprach. »Woher kennt ihr euch?« Da sprach der von Landau: »Gestrenge Herrn, der weiß darum.« Da stritten sie untereinander, ob sie ihr Gelübd offenbaren sollten, und ich ward ganz rot unter den Augen. Da ward ein kleiner Stillstand der Rede, und die Jungfrau Pelagia stand auf, schenkt drei Becher Weins ein und reicht den einen gar freundlich dem Medard, den andern dem Hans, den dritten stellt sie mir vor; da lachten die Ritter und sagten, sie hätte ihre Zeit recht weislich genommen. Die Gesellen stießen da die Becher an und brachtens der Jungfrau zu, die dankt und sprach. »Nun sollt ihr auch eure Geschichte sagen.«

Da waren sie willig und sprachen, wie ihre Eltern schon in Feindschaft gelebt hätten eines gemeinschaftlichen Werks wegen, und sei der Zorn leider mit ihnen ins Grab kommen; und nun wären auch sie lang unfreund gewesen und hätten sich Schaden gesucht; Medard sähe des Ecksteins Schwester nicht ungern, habe sich aber Gewalt angetan und auf sie geschimpft; da habe Hans ihm vorgeworfen, daß er von ungerechtem Gut lebe, denn sein Vater habe den seinen betrogen; da seien sie so im Zorn erblindet, daß sie sich zugesagt, vorgestern im Blobsheimer Wald, wo sie Holz fällen sollten, gegeneinander zu stehn und ritterlich mit ihren Äxten auf Tod und Leben zu fechten. Da hätten sie sich aufgesucht, wären aber nicht gleich aufeinander gestoßen und dadurch noch erbitterter geworden.

Als sie so weit gesprochen, wollte ihre Rede nicht mehr recht fort, und schauten sie mich an. Da dies Herr Veltlin merkte, bat er mich weiter zu sprechen, und da erzählt ich also: »Da ich im Blobsheimer Wald, wo er sich endet, unter einer Eichen lag, zu ruhen und zu beten, und darüber entschlafen war, erweckte mich ein heftiges Reden, worüber ich erschrocken erwachte; und da erblickte ich zwei Männer, mit geschürzten Armen und jeglicher eine Axt in der Rechten, zornig sich einander gegenüberstehen. Ich sprang zwischen sie und suchte sie mit freundlichen Worten auseinander zu bringen, nicht ohne große Gefahr meines Lebens, denn sie waren gar zornig; und wie ich mir so alle Mühe gab, Friede zu schaffen, da hat Gott meine Worte gesegnet und gab ihnen eine große Gewalt; auch hörten wir die Abendglocke von Eschau gar friedlich läuten. Da sprach ich ihnen zu, darauf zu hören, und fleht sie an, das Friedensglöcklein zu ehren und sich zu verzeihen um des Herrn Jesus willen, der uns allen verzeihen möchte. Der Friede kam auch über sie, sie boten sich die Hände, und wollte mir Medard von Landau ein Stück Geld geben. Ich nahms aber nicht und bat ihn, es den Armen zu geben, denn ich fühlte mich gar reich zur Stunde, hatte doch keinen Heller.« Da fuhr Hans fort: »Und dieser Sühne zum Gedächtnis hat Medard sich verlobt, den Glockenstuhl zu machen, und ich will ihm treulich helfen zur ewigen Gedächtnis des Friedens, der mit der Glocken über uns gekommen ist.« Da erwidert Medard: »Eckstein, sprich recht, deine Schwester Anna hat uns dazu beredet; da ich sie um Verzeihung meiner Rede bat, da sprach sie auch, nachher wenn die Glocke zum erstenmal läute, wolle sie mir die Hand am Altar geben.«

So ward da noch manche Rede, und baten die Gesellen die Herrn und mich, die Ursach nicht bekannt zu machen; das wär ihnen lieb und könnt Aufsehens geben. Da versprachen es die Herrn, daß es in der Still bleiben sollt, und gaben uns allen ihr Lob. Die Gesellen gingen von dannen und wurden über zwei Tag aufs Frauenhaus, wo des Münsters Sach betrieben wird, beschieden, ihr Vorhaben den Pflegern zu erklären.

Wie großes unverdientes Lob mir die Herrn gegeben, will ich nicht hier schreiben; Gott gebe, daß all mein Wesen ihm wohlgefällig und den Menschen erbaulich sei!

Gegen Abend ließ Herr Veltlin mich in den Garten rufen und sprach zu mir: »Ich muß dir nun sagen, Johannes, von den vier Jungfräulein, wer sie sind und was ihr Wesen ist, auf daß du dein Dasein ihnen angemessen und nützlich machen mögest. Die älteste, welche du in geistlicher Tracht einhergehen siehst, ist meine Tochter Otilia; sie ist ein frommes Kind und hat sich vorgenommen, in St. Otilien Kloster zu Hohenheim aufs Jahr das Gelübde abzulegen. Die zweite aber, welche du heute zu Tisch aufwarten sahst, ist meine jüngere Tochter, Gundelindis mit Namen; sie ist eine weltliche Braut und einem Edelmann verlobt, der auf einer Fahrt nach Italien begriffen ist und dessen Heimkehr wir täglich entgegensehn. Das traurige Mägdlein aber heißt Athala; sie ist eines Schlossers Tochter, welcher sonst mein Nachbar war und viel kunstreiche Arbeiten an der Uhr im Münster verrichtet hat; er war in seinem Gemüt ein gar trauriger Mann, und liegt über seinem ganzen Stamm ein wunderbares finsteres Geschick, das hat ihn auch bis zu seinem Tode begleitet. Ihre Mutter war ein ehrliches und menschenfreundliches Weib, eine hülfreiche Freundin meiner seligen Hausfrau; und als diese mir in der Geburt Gundelindis' für dies zeitliche Leben genommen wurde, so übernahm sie Gundelindis zu säugen, da sie auch kaum die Athala zur Welt gebracht hatte. So sind dann beide Milchschwestern, und Athala ist, da sie eine Waise ward, welches nun zwei Jahre sind, nun als mein Kind in mein Haus eingetreten. Sie hat aber ein unglückliches Gemüt von ihrem Vater ererbt, ist stets voll Zweifel und Besorgnis und kann ihre Hoffnung nicht recht von irdischem Gute abwenden. Auch bei der kleinsten Verrichtung ist sie zum voraus eines übeln Ausgangs besorgt, und wenn es dann gelingt, so hat sie keine Freude und nennt es einen Zufall.«

»Ach«, unterbrach ich den Herrn, »das ist wohl ein armer Mensch, der seine einzige Hoffnung nicht auf Gott stellt und auch irdischem Glück nicht vertrauen mag; ein solcher ist wohl ohne Himmel, ohne Erde; er ist wohl nichts als bloß ein trauriger Gedanke. O wie sehr bedaure ich diese Jungfrau!«

Da fuhr mein Herr fort: »Nun ist ihr Leid gar schwer, wie ich heut von Gundelindis vernommen, und hatte ich dessen Ursprung noch nicht recht erkannt. Athala schläft aber mit Gundelindis in einer Kammer, und haben sie ein besonder Vertrauen zueinander. Da ich nun heut meine Tochter gefragt, ob sie nicht wisse, warum Athala gestern im Garten so wunderlich von ihrem Ringe gesprochen habe, antwortete sie mir, daß diese Nacht Athala viel heimlich geseufzet und in der Meinung, als schlafe sie, einigemal zu sich selbst gesprochen: ›Ach, so besteht dann keine Liebe für mich auf Erden, so soll ich dann hinsterben, ohne ihn wiederzusehn‹ – und andre bewegliche Worte; worüber Gundelindis sie angeredet und gesagt: ›Athala, mein Schwesterlein, was fehlt dir? Hast du deine Sinne in eines Mannes Anblick verloren?‹ und hat sie beschworen bei ihrer Mutter, deren Brust sie beide getrunken, ihr zu vertrauen; aber Athala hat nicht geredet und hat gesagt, sie hab im Traum gesprochen. Was ich nicht glaube, denn sie hat oft und vielmal so gesprochen, da doch die Seele im Traum nicht lange verweilt und von einem zum andern eilt. Nun ist mir kein Zweifel, daß sie in irgendeines Mannes Liebe unglücklich gefangen liegt, und muß ihr Leid schon lang und nicht zu helfen sein, da sie bescheiden ist in allem, was sie begehrt, und leicht entbehren mag, wenngleich mit stillem Schmerz.

Nun aber muß ich noch reden von Pelagia, der jüngsten unter den vier Mägdlein, die doch älter erscheint in Erkenntnis, Rede und Gebärde; denn sie ist nicht aus diesen Landen, ich habe sie als eine arme Waise in Jerusalem aufgefunden und hier in Straßburg taufen lassen. Diese Jungfrau besitzt eine herrliche Seele, und von ihren Lippen kommen gar wunderbare Reden gleich den listigen Erfindungen der Dichter, oft wenn man sich solcher gar nicht vermutet. Mit großer Freude hört sie Geschichten und Lieder und erfindet auch selbst allerlei Abenteuer, die sie ihren Schwestern gar lebhaft darzustellen weiß, daß ich oft selbst mit allen Sinnen aufmerken muß. Eine innere tiefe Heiterkeit ist in ihrer Seele, sie betrachtet die Natur mit aufmerksamer Liebe und ist oft lange ernsthaft, ohne traurig zu sein. Wenn sie betrübt wird, so bricht sie schnell in heftige Tränen aus, wird aber gleich fröhlich und singt: ›Es hat einmal geregnet, die Läublein tröpflen noch.‹ Vor allem hat sie gar große Lust zur Musik und kann die Orgel schön schlagen; auch singt sie viel geistliche und weltliche Gesänge mit einer ganz anderen herzergreifendern Art als andere, wenn es gleich dieselben Weisen sind. Ich kann nicht sagen, daß sie Gott ergeben sei; ich muß sagen, sie sei ganz voll von allem, was Gottes ist, wenn ich sagen will, daß sie gar fromm ist. Doch hat sie keine Verachtung vor weltlichen Dingen und weiß in allem, was sie mit Rede oder Handlung berührt, ein Wesen zu erwecken, das, wo nicht heilig, doch sehr ehrwürdig ist. Doch du solltest beinah glauben, Johannes, als liebe ich Pelagia mehr als die andern, da ich so viel von ihr rede und doch nicht zu sagen weiß, wie sie ist.«

»Herr«, sprach ich da, »ich glaube das nicht; aber es ist schwer zu sagen, was die Gestalt des Bewunderungswürdigen sei. Wenn wir von dem Wesen des Menschen sprechen, so sagen wir von ihm Weltliches oder Geistliches; wir sagen, wie er sich entweder der Erde oder dem Himmel ergibt. Ich möchte die Rede vergleichen mit dem Betrachten der Pflanzen, die entweder an der Erde kriechen oder ihr Haupt als Blume zum Himmel richten; aber es mag wohl noch etwas geben, was wir mit beiden nicht vergleichen können, was nicht wegen der Welt weltlich, wegen dem Geist geistlich ist, was um seiner selbst willen in sich selbst weltlich und geistlich ist, was schön ist vor den Augen der Menschen und der Engel, was betet aus innerer Lust und scherzet in tiefer Andacht und von allem nichts weiß als vom Leben, dem ewigen Leben, nicht von jenem nach dem Tode, nein, vom Anfange her bis zum Ausgang. Und wenn wir solche Menschen finden, sind wir lang mit ihnen, ohne sie zu kennen, tun ihnen auch wohl oft Unrecht, weil wir sie bezwingen wollen, um sie zu begreifen; aber wir müssen sie bewundern, und ist es fast, als wären sie ohne Erbsünd geboren, und wie dem sei, so hat Gottes Gnade groß an ihnen gewirkt, da er sie als Lehrer und Dichter gesetzt hat, ihn und das Leben zu verkündigen und zu

preisen. Gar schön steht also Pelagia zwischen Euren beiden Töchtern, da Otilia sich Gott allein und Gundelindis sich ehlicher Zucht
will ergeben; in ihre Hand mögen beide ihre Hände legen.

Ich habe einstens von einem großen Meister gehört, der es in wunderbaren Kunstwerken über den Begriff unkundiger Männer nächst weit hinausgetrieben, daß man ihn nächst für einen Zauberer hielt; der hatte auch von Metall so sinnreiche Spiegel gemacht, daß auch die unsichtbaren Geister darin als liebliche Gestalten erschienen. Wenn in der Ferne geredet oder gesungen ward, so klang es in dem Spiegel weit lieblicher und klarer, ja, und wenn die Sonne hineinschien, ward die Wärme so gewaltig, daß man in ihrem Abstrahl Metall konnte fließen machen. Diesen Spiegel hatte der Meister mit großem Fleiß und in steter Bewunderung der Allmacht Gottes endlich zustande gebracht, nur seine Freunde und Schüler wußten davon, und viel Freude und Andacht hat er mit seinem Kunstwerke unter ihnen erweckt. Da aber die Bürger der Stadt davon hörten, mußte er sein Werk öffentlich ausstellen, und entstand daraus mannichfaltiger Mißbrauch, auch war der Zulauf des Volkes so groß, daß er ein Diener seines eignen Werkes werden mußte. Er mußte immer bei dem Spiegel stehen und den törichten Menschen Antwort geben, welche bald ihre Zukunft in weltlichem Glück oder ihr Geschick in der Liebe in seinem Spiegel sehen wollten; und so entstand viel Sünde durch ihn, indem die Menschen durch den Spiegel von Glauben, Hoffen und Lieben gewendet wurden, ja es entstand schreckliche Ketzerei, da ein teuflischer Zweifler den heiligen Leib Christi figürlich vor dem Spiegel sehen wollte. Der Meister erhielt großen Reichtum und ging endlich in weltlicher Hoffart unter, denn er ergab sich zügelloser Liebe und richtete großes Elend an; denn als die Sonne von Wolken verhüllt war, legte sich sein Kind an der Erde schlafen, und da der Meister nicht zugegen war, stand der Spiegel ohne Herr, die Sonne trat hervor und der Abstrahl des Spiegels traf und tötete das Kind. Da kehrte der Meister zurück und erkannte das Elend, und da er keinen Trost mehr in Gott fand, legte er sich nieder über sein Kind in die Flamme und verbrannte sich das Herz; da traf die Flamme das Haus und verbrannte das Haus und die Stadt.«

»Das ist eine gar nachdenkliche Geschichte«, sprach Herr Veltlin, »aber wie du deine Rede von Pelagia so plötzlich auf den unglücklichen Spiegel gewendet, habe ich nicht recht verstehen mögen; du mußt mit deinen Gedanken nicht also eilen; gedenke, daß ich ein Greis bin und in anderem Leben als du ergrauet; daher sage mir, wie verstehst du das?« Da bat ich meinen Herrn um Verzeihung meiner Schnelligkeit und sprach: »Es ist wunderbar, daß man so lebendig wird in der Betrachtung solcher Menschen, als ihr Pelagia geschildert; es ist, als könne man das Feuer nicht anschauen, ohne zu erröten und zu erwarmen. Ich habe aber das Gleichnis des Spiegels also herbeigeleitet. Da ich gesagt, Otilia, die Braut des Himmels, und Gundelindis, die Braut der Erde, könnten in Pelagiens Schoß sich die Hände reichen, war mir, als müßte ich sie den seligen schönen Bund Himmels und der Erde nennen, welcher das eigentliche höchste menschliche Leben ist. Solche Menschen sehen alles in Gott und Gott in allem; sie sind diejenigen, denen Gottes Ebenbild noch nicht durch die Schuld der Eltern zerstört ist, ihre Seele ist geschaffen gleich einem schaffenden Spiegel der Schöpfung. So wie der geistliche Mensch zum Himmel ringt von der Erde und wie der irdische Mensch den Himmel zur Erde niederruft, also schweben solche Seelen zwischen beiden; in ihnen ist kein Ringen, kein Ruhen, sie sind unschuldige Kinder des Lebens, auf denen Gottes Segen tauet; ihr Blick ist wie das Licht auf alles blickend, nach ihnen schaut Himmel und Erde. Aber das Böse hat ein Ärgernis an ihnen und dringt zu ihrem Sitze, der nicht in Mauern klösterlicher Zucht, noch in dem schützenden Hause des Staates verborgen ist, und so werden sie leicht, gleich den Dichtern und Weltweisen, Beute der Eitelkeit, Schöpfer des Unglücks und gehen unter in den Flammen ihrer Seele, welche dem kunstreichen Spiegel zu vergleichen ist. Darum sollen sie wandeln in Unschuld und Demut und sollen fliehen allen Lohn, weil sie der Lohn des Herrn selber sind.«

»Du meinst also, Johannes, es gebe dreierlei Arten von gottgefälligen Menschen, die geistlichen, welche ihr ganzes Leben schon vor dem Tode bloß dem Herrn aufopfern, und die weltlichen, welche in häuslicher Treue und Zucht ihre Kinder zur Gottesfurcht und Arbeit erziehen, dann aber noch welche, in denen sich beides verbinde, und diesen gesellest du Pelagia zu. Ich muß dir wohl gestehen, daß ich früher solcher Menschen nicht gedacht habe und nun gar wohl begreife, wie sie auf gefährlicher Bahn zwischen Himmel und Erde wandlen, denn sie können leicht strauchlen, und sollen sie wohl sich mit ihren Künsten und tiefen Gedanken zu Gott halten, damit sie nicht mächtige Diener der Welt werden.«

Da sprach ich: »Ich kann besser noch sagen, daß es gebe betende, arbeitende und lehrende Menschen, denn lehrend soll sein und ist alle wahre Kunst. Wenn sie gleich oft eine bloße Ergötzung der Sinne scheint, so führt sie doch die geheimeren, wunderbarlicheren Eigenschaften Gottes, der Seele und der Welt vor unser Gemüt, das sie mit mannigfacher Rührung bewegt, von dem alltäglichen befangenen Leben die Augen zu erheben und sich nicht verloren zu geben an die kurze Zeit und ihren Dienst; auch reicht sie der betenden und beschauenden Einfalt, welche sich selbst dem Herrn aufopfert, mannigfache Sprache und Gestalt, seinen kindlichen Willen mit allem, was der unermeßliche Gott dem Menschen Göttliches verliehen, zu verherrlichen; und wenn ich es Euch so recht deutlich machen wollte, möchte ich sagen: Wenn der geistliche Mensch einem Kinde gleicht, das mit heftigem Verlangen seine Händlein zur Sonne erhebt, so ist die Kunst ein Kindlein, welches ihm in das eine Händlein eine brennende Kerze und in das andere eine schöne Lilie gibt, daß es mit Licht und Duft seinem Herrn bildlich näher komme und nicht verzweifle durch seine Armut; und wenn der weltliche Mensch, umringt von Werkzeugen, an den Gebäuden seiner Zeit arbeitet und, geängstet von dem Bedürfnis und ermüdend in der Arbeit, in irdischen Zweifel fällt, so singt ihm die Kunst ein Lied, daß das behaune Holz wieder zu ergrünen scheint und der Schlag der fallenden Axt nur der Takt und Klang erquickender Gesänge scheint. Aus der toten Wand läßt sie das Antlitz des Göttlichen hervorscheinen, sie befestigt die Bilder der Heiligen, der Patrioten und der Freunde auf die tote Leinwand und bezwingt die Zeit und die Ferne, die sie von uns nahm. Sie macht das Heilige und Teure des Lebens ewig, gibt den verborgenen tiefen Geistern der Seele einen scheinbaren Leib, fördert alle Schätze des Geheimnisses in Wort und Gestalt zu Tag; sie übersetzt allen geistlichen Reichtum aller Völker in die allgemeine Sprache der Sinne und gibt dem unaussprechlichen Gefühle die herrliche Tonkunst; sie ist Gottes ewiges unaufhörliches Werde, insoweit es seinem Ebenbild, dem Menschen, verliehen ist. Ach, wie herrlich ist sie schon, wenn sie auch nur eine Sonnenblume dem ist, der den Anblick der Sonne nicht ertragen mag mit kranken Augen.«

Also hatte ich, in dem Laubgang auf und nieder gehend, mit meinem gnädigen Herrn gesprochen, und ging die Sonne bereits unter;

da wurden wir still. Das währte nicht lang, da hörten wir gar herrlich auf der Orgel schlagen und mehrere klare Stimmen dazu singen. Herr Veltlin faßte meine Hand und blieb mit mir stehn. O, das
war eine herrliche Musik, und sangen sie in abwechselndem Liede
fragend und antwortend, und dann fielen wieder die Stimmen zusammen in vereinter Glut. Da wir stillstanden, hatten wir uns gen
Abend gekehrt, und der Schein der Sonne gegen das Gewölk gab
manche glühende Farbe; auch war es wunderbar zu schauen, dann
die Sonne ging hinter dem Münster unter, und stand der hohe
durchbrochene Turm schwarz vor uns, und konnte man seinen
Abriß von innen und außen vor dem feurigen Himmel erkennen.
Und wann die Wolken durcheinander zogen und ihr Glanz sich
vermischte zu höherem Purpur, fielen auch oft die klaren Stimmen
der Sänger und die runden Tonfluten der Orgel zusammen, und
war es, als wenn der Gesang und der Farbenhimmel sich verstanden und zusammenspielten.

»Es hat die Orgel gar schön angefangen«, sagte Herr Veltlin, »auf
deine Rede so recht wohltätig.« »Ja, sie hat sagen können, was ich
nicht sagen konnte, was ich selbst nicht denken konnte. Ist es doch,
als wäre der kunstreiche Turm das Gebäude der Orgel und ziehe
der bunte Himmel wie die Töne durch ihn.« Als ich so sprach, prä-
ludierte die Orgel ein ander Lied, und Herr Veltlin sagte: »Sieh, jetzt
zieht der letzte Lichtstreif am Himmel hin!« Dann hob er an, mit
herzlicher Stimme in die Singweise der Orgel einzufallen:

> Ich grüß dich, zarte schöne Fraue,
> Und biet dir freundlich gute Nacht,
> Bis daß der ewge Tag im Taue
> Vor deinem Kämmerlein erwacht.

> Ein heilger Engel soll zur Seiten
> An deinem Bettlein wachend stehn,
> Den goldnen Flügel ob dir spreiten
> Und schwere Träume von dir wehn.

> Daß sie sanft erwache
> Aus ihres Schlummers Ruh,
> Der Morgenstern, der scheine
> Ihr recht mit Liebe zu.

Sie schlafe, sie wache,
Sie stehe, sie gehe,
Die Fraue meine,
Oder was sie tu.

Ich grüß vor aller Blüt die Rose,
Die an dem Abendhimmel blüht,
Ihr Herz ergießt sich dir im Schoße,
Wenn sie zur Erde niederglüht.

Ich grüß dich, klarer Abendsterne,
Du brennest auf dem Haupte mein.
Bei ihr, bei ihr so wär ich gerne
In ihrem engen Kämmerlein.

Daß ein Engel bringe
Der Zarten meinen Gruß,
Leis wie im Maienscheine
Der Honigblumen Kuß.
Sie bete, sie singe,
Daß eile die Weile,
Da ich alleine
Ohne sie sein muß.

Also sang Veltlin mit bewegter Stimme dies Abendliedlein, und
da er aufgehört hatte, sagte er ruhig zu mir: »Gelobt sei Jesus Christus.« Ich sprach: »In Ewigkeit, Amen.« Dann sagte er: »Lasse uns
nun hinaufgehn und uns bei den Spielleuten bedanken für die Musik.« Da wunderte ich mich, daß die Orgel im Hause war geschlagen worden, denn es war an dem Münster ein so schönes Echo, daß
ich geglaubt hatte, der Gesang sei in der Kirche. Das Liedlein, welches mein Herr sang, war aber ein altes Abendlied, das er noch als
ein Junggeselle, da er um seine selige Hausfrau warb, gesungen; er
pflegte es jetzt oft an schönen Abenden zu singen als ein Gedächtnis
an sie, und weil es eine solche Art hat, daß es leicht als eine ruhige
Betrachtung des Todes und eine Sehnsucht des Wiedersehens konnte verstanden werden. Auch muß die selige Frau Herrn Veltlins eine
gar tugendsam und schöne Frau gewesen sein, denn sie ist das
Fräulein Agnes von Endingen, auf welche das Lied gedichtet worden, das hier in Straßburg noch in vieler Leute Mund:

Eines reinen guten Weibes Angesicht
Und fröhlich Zucht dabei,
Die sind wahrlich gut zu sehn.
Zu guten Weibern hab ich Pflicht

und wie es ferner lautet.

Wir gingen aber in die Buchkammer, worin die kleine Orgel
stand, da fanden wir die vier Jungfräulein. Pelagia saß vor der Orgel und spielte; ihr zur Seiten stand Otilia, die ich nicht gleich erkannte, denn sie hatte einen ganzen Nonnenhabit an und wollte
sich bereits im Chorsingen üben. Gundelindis aber schwebte munter auf und nieder; indem sie mitsang, trat sie die Bälge. Athala saß
allein auf einem niedrigen Schemel und sah mit gestütztem Haupte
zur Erde; vor ihr lag ein großes Buch aufgeschlagen mit schönen
Bildern, aber sie war ermüdet, hineinzusehen, und die Kerze neben
ihr brannte trüb herunter. Herr Veltlin dankte Pelagien, daß sie ein
Abendlied angestimmt, und sagte: »Ich habe es gar herzlich mitge-
sungen.« Da stritten die drei Jungfräulein, welche es zuerst gewollt
habe. Gundelindis sagte: »Habe ich nicht gesagt: ›Nun noch des
Vaters Abendlied, das will ich noch treten, dann höre ich auf, weil
ich schon gar müde bin‹?« Otilie aber sagte: »Du hast früher gesagt,
daß du müde seist, und ich bat dich, noch das Abendlied zu vollenden.« Da sprach Pelagia: »Ich spiele es ja alle Abend, wenn der Vater im Garten ist.« Da wendete sich Herr Veltlin zu Athala und
sprach: »Guten Abend, Athala; du mußt es wohl am besten wissen,
da du stille zugehört; sage, wem verdanke ich das Abendlied?« Die
Jungfrau aber fuhr auf als aus schweren Träumen und hatte auf die
Rede nicht gemerket. Da sagte Herr Veltlin: »Von dir werde ich es
wohl nicht erfahren, denn du hast seit einigen Tagen gar großes
Studieren vorgenommen, liest auch, wie ich sehe, in meinen aller-
größten Büchern, und wirst bald zu wissen tun, wie die Gräslein
wachsen.« Also sprach der Ritter scherzend. Da sprach das traurige
Jungfräulein: »Gnädiger Herr, entzieht mir Eure Liebe nicht, meiner
Traurigkeit halben! Ach, ich sitze wohl Stunden lang und denke
und sinne, um sie zu bekämpfen, aber ich vermag es nicht, und
wenn ich mich besinne, so bin ich immer nur traurig gewesen, wenn
ich geglaubt, mich zu trösten.« Da sprach Herr Veltlin: »Du willst
deine Traurigkeit mit Betrübnis bekämpfen, das geht wohl an; denn

man kann wohl mit Tapferkeit einen Tapfern besiegen und mit manchem Schritt legt man eine Reise zurück, aber wer der Sieger sein soll, muß mächtiger sein als der Gegner; drum sei traurig über das Leiden des Herrn, dann wird deine irdische Trauer zerrinnen. Aber laß sehen das Bild, das du betrachtet hast und das dich nicht trösten konnte.« Da legte er das Buch auf den Tisch, und wir traten alle um ihn; Otilie aber ging ruhig nach ihrer Kammer, ihr Nonnengewand wieder abzulegen. Das Bild aber stellte drei Jungfrauen vor, die auf offner See mit verschlungnen Armen in einem Schiffe saßen, das eben untergehen wollte; vom Lande aber fuhren drei andere Jungfrauen auf sie zu. Da baten auch die Mägdlein, daß ich ihnen die Schrift lesen möchte. Herr Veltlin setzte sich nieder, und da Otilia zurückgekehrt war, setzte sie sich auch zu den andern Jungfrauen, und sagte Herr Veltlin: »Nun, Athala, achte fein auf die Geschichte und werde guten Muts.« Da las ich also, wie ich es geschrieben fand:

# Von dem traurigen Untergang zeitlicher Liebe

Es war Gott immer wohlgefällig und den Menschen eine Handlung der Andacht, die Erstlinge der Früchte und Tiere dem Herrn zu opfern; er nahm sie als einen kindlichen Beweis menschlicher Liebe, denn er genießt ihrer nicht. Durch dieses Opfer ward der Herr gleichsam ein Gast des Menschen, und das Mahl ward geheiliget und gesegnet durch die Gesinnung. Damit nun auch unser ganzes Leben geheiliget und gesegnet werde, so sollen wir Gott die Erstlinge, die ersten Früchte unsrer Seele, die von ihm ist, aufopfern, und dies ist die erste Liebe. Wenn wir zuerst jene allmächtige Neigung des Wohlwollens, das durch alle Grade des Verlangens bis zur innigsten Vereinigung steigt, in unsrer Brust empfinden, so sollen wir die Knospe dieser göttlichen Flamme an Gottes Sonne erschließen, daß seine Liebe sie entwickle und jener allmächtige Trieb in uns, der göttlichen Ursprungs ist, gleich nach seiner Geburt seinem Vater in die Arme gelegt werde, zu erkennen seinen Ursprung und sich hinzukehren mit aller Macht nach dem Himmel, von dem er ausgegangen. Es liegt kein Segen auf dem Menschen, der in die Fremde geht, ohne seinen Freunden eine Träne zu weinen. Der fromme Wanderer bleibt lange auf dem Hügel stehen und schaut mit tiefer Bewegung nach seiner Heimat nochmals zurück, und dann erst setzt er mutig seinen Wanderstab vorwärts, indem er gleichsam sein Vaterland recht in seine Brust aufgenommen und wie ein heilbringendes Kleinod auf seinen Wegen mit sich trägt. Also auch soll die Bahn des Lebens begonnen werden mit dem Rückblick auf unsre Heimat in Gott; die sollen wir mit der ersten Liebe lieben und so in unsre Liebe aufnehmen, daß alle unsre Liebe, auf ewig dadurch geheiligt, von irdischen Ängsten frei wie ein Held, in dessen glänzenden Waffen sich die Sonne und der trübe Himmel abspiegelt, mutig durch das Leben schreite. Viele aber sind wie der verlorene Sohn, der sich grausam und im Streit von seinem gütigen Vater trennte, sein Erbteil begehrte und hinging in alle Welt, es zu verschleudern; also auch die Gemüter, welche mit allen herrlichen Eigenschaften der Seele in frechem Selbstvertrauen dem Leben entgegengehen, ohne sich erst mit ganzer Liebe dem Vater der Liebe zu nähern. All ihr Treiben ist zeitlich und wird untergehen in der Zeit, und sie werden trostlos weinen wie der verlorne

Sohn um das vergeudete Gut im Elend; aber sie sollen zurückkehren gleich ihm und sich versöhnen mit Gott. Doch ist die Rückkehr der Seele schwerer als die des Menschen, denn die Seele vergeudete ewiges, der Mensch nur zeitliches Gut. Es ist aber das Wesen der Zeit, daß sie nie ruht und ewig verschwindet wie ein verschlingender Strudel, und hat uns der barmherzige Gott die ewige Seele gegeben, daß wir triumphieren können über die Vergänglichkeit. Wer hat aber ein Recht, sein Geschick zu beklagen, wenn er es freiwillig in den Tod säet? Wer aber seine Liebe in Gott, im Licht, im Leben aufgehen läßt, der wird eine Aussaat gewinnen, die in jeglichem Boden Früchte trägt, alle Liebe, die sich ihr verbindet, veredelt und heiliget, über den Tod triumphierend zum Himmel treibt, ja selbst auf dem niederreißenden Wirbel der Zeit, wie eine Wasserlilie schwimmend, leben und blühen kann. So haben die drei törichten Jungfräulein, die hier abgebildet sind, nicht getan. Ihre Geschichte ist also:

Es waren drei Schwestern, denen hatte es geträumt, sie sollten am Meeresufer schöne Perlen finden bei Aufgang der Sonnen, und gingen sie vor Tag hinaus an den Strand. Der Sand rasselte unter ihren Füßen, es lag Nebel auf Land und Meer und war gar einsam, auch hatten sie noch nicht gebetet. Wie sie nun fast in Sorgen standen, hörten sie ein Glöcklein läuten und zugleich einen wunderbar lieblichen Gesang. Da warden sie uneins, denn die Jüngste sagte: »Ich will nach dem Schall des Glöckleins gehen, da find ich eine Kapelle und kann ich erst mein Gebet verrichten.« Die zwei andern aber wollten dem Gesang nachgehn und sagten: »Das ist gewiß ein schöner Jüngling, der auch Perlen sucht und der uns welche gibt, wenn er uns sieht.« Da trennten sie sich, und ging die eine nach dem Glöcklein. Die zwei andern aber schworen sich törichte Liebe zu und wollten beinander sein bis in den Tod, und so gingen sie dem Gesang nach, der immer hinreißender und lieblicher tönte, ihre jüngste Schwester rief ihnen noch zuweilen, ihr zu folgen, aber sie hörten es nicht, und ihr Schritt war stürzend immer schneller gegen den Gesang, als gingen sie einen Berg herab. Da fanden sie das Ufer und ein kleines schlechtes Schifflein ohne Segel und Ruder, sie hatten die Arme untereinander verschlungen und setzten sich hinein. Da hörten sie den Gesang immer lieblicher, da kam die Flut und trieb das Schifflein auf das offene Meer. Nun wich der Nebel, und stieg die Sonne aus den Wellen heraus, da hörten sie den Gesang immer lieblicher, aber auch ihrer Schwester Stimme hörten sie ängstlich von der Kapelle aus, denn diese stand hoch und sah sie mit Schrecken auf dem weiten Meere. Da sie so gar traurig gegen das Meer zu klagte, wendete sich ein alter Fischer zu ihr, der auch da gebetet hatte, und fragte sie, was sie erschrecke. Da er aber sah die zwei Jungfräulein auf dem Kahn, sagte er: »O weh, sie sind verloren! Es ist mein Kahn, ich wohne auf jenem Felsen, in dessen Strudel der lockende Perlengeist wohnt, der bald als eine Jungfrau, bald als ein Jüngling erscheint und die törichten Weltkinder verschlingt. Ich fahre täglich herüber, hier zu beten, mein Ruder und Segel nehme ich mit in die Kapelle; ach, wir wollen das Glöcklein recht anziehn, daß sie an Gott gedenken und beten.« Da zogen sie miteinander das Glöcklein an, daß es ängstlich hin und her schlug. Aber die Jungfrauen hörten nicht drauf, sie sahen nur nach der Seite des Gesanges; da sprachen sie. »Kühl und lieblich ist die Luft. Sieh, dort steigt der Sonnengott aus dem Ozean; o des süßen Gesanges, der mich durchdringt!« Da begannen sie ihre Locken zu ordnen, weil es Tag ward, und waren ängstlich, ihre Augen seien trüb, weil sie so früh aufgestanden. »Du bist sehr blaß«, sagte eine zur andern, und da färbten sie sich ihre Wangen mit falschem Rote.

Nun sahen sie vor sich zwei große Felsen, und plötzlich tauchte ein schöner Jüngling aus der Flut, der ihnen winkte und die süßesten Lieder sang. Der zog mit der Hand lange Perlenschnuren, mit der andern Korallen aus den Wellen und spielte damit. »Ach, die schönen Perlen!« rief die eine aus, »ach, der schöne Jüngling!« die andere. Da zog ihr Schifflein wie ein Pfeil zwischen die Felsen und kam in den Strudel und begann sich im Zirkel zu drehen. Anfangs glaubten sie, es sei zur Lust, auch blies der Jüngling einen schönen Tanz dazu auf einer schimmernden Muschel, aber es drehte sich der Strudel immer heftiger, und unter schrecklichem Angstgeschrei riß er das Schifflein mit den eitlen weltliebenden Jungfrauen hinab in seinen Schoß.

Unter großem Jammer hatte das Jungfräulein und der alte Schiffer das Schifflein der beiden Schwestern aus den Augen verloren. »Ach, lieber Schiffer«, sprach sie, »wenn wir nur einen Kahn hätten, daß wir ihnen folgen könnten; vielleicht sind sie noch zu retten.« »Hier ist kein Kahn als meiner, hier hält sich kein Fischer auf, und

den meinigen haben sie mitgenommen, und ich werde nun hin-
überschwimmen müssen, was ich nun Alters halben nicht mehr
leicht wage. Ach, ich wollte den Kahn gern verschmerzen, wenn
nur deine armen Schwestern nicht umgekommen wären!« »Ach«,
weinte die Jungfrau, »so sind sie dann verloren; ach, hätte ich sie
doch zurückgehalten, aber ich rief ihnen oft und bat sie, da gaben
sie mir schlimme Worte.« »Gott erbarme sich ihrer!« sagte der Schiffer und sah ins Meer. »Sieh, dort treibt mein Kahn leer wieder ans
Ufer!« Da gingen sie beide von der Kapelle herab in den Kahn und
weinten bitterlich; die Jungfrau trug das Ruder, der Schiffer das
Segel, und da sie alles geordnet hatten, sang der Schiffer ein frommes Lied, und sang die Jungfrau mit. Da erhob sich ein frischer
Wind, das Segel schwoll, und fuhren sie auf einem Umweg nach
der Insel. Als sie angelangt waren, wollte die Jungfrau auf den kleinen Felsentreppen schnell über das Gestein laufen, um nach ihren
Schwesterlein zu suchen, aber der Schiffer hielt sie zurück und
sprach: »Nein, meine Tochter, bleibe hier, denn du magst sie nicht
erretten, und jenseits ist der Felsen so schlüpferig, und würde dich
der Gesang des Perlengeistes so verwirren, daß du leicht auch hin-
abstürztest.« Da wollte sie mit aller Gewalt hin, bis ihr der Schiffmann versprach, ihr auf den Abend ihre Schwestern zu zeigen. Da
fragte sie ihn, wie er auf die Insel zu wohnen gekommen sei und
was er hier treibe. Da sagte ihr der Schiffer, daß er hierher gezogen
sei, die Unglücklichen, welche durch den verführerischen Gesang
gelockt würden, zu warnen und, wenn er könne, die schon Unter-
gehenden zum Gebet zu ermahnen, für die Verlornen aber zu beten.
»Wer hat dich aber zuerst hierhergeführt?« sprach die Jungfrau. Da
sprach der alte Schiffer: »Ach, das ist eine gar traurige Geschichte,
und will ich sie dir heute abend erzählen, wenn ich dir deine
Schwestern zeige.«

Da gingen sie in die kleine Hütte des Schiffers, die gar reinlich
war; das Jungfräulein mußte Feuer machen, und er holte seine Netze hervor und finge einige Fische, die sie dann brieten und freundlich miteinander aßen; ihre Teller aber und alle ihre Küchengeräte
bestanden aus mancherlei großen Muscheln, und schimmerte die
ganze Wohnung von dem bunten Perlemutter, das hie und da zu
verschiedenem Gebrauch angebracht war. »Habt Ihr die Hütte gebaut?« fragte die Jungfrau. »Nein«, sprach der Schiffer, »der Schöne

Bettler hat sie gebaut.« »Wer ist der?« sagte die Jungfrau. »Er wohnte vor mir hier, und will ich dir ihn heute abend zeigen, wenn du deine Schwestern siehst.« Dann ging der alte Schiffer in eine Kammer und brachte ein Buch heraus, dessen Decke auch von schimmernden Muschelplatten war; das schlug er auf und sprach: »Diesen letzten Teil des Buchs, Gedichte und Lieder und Abbildungen der Sterne, hat alle der Schöne Bettler geschrieben während zehen Jahren, die er hier wohnte; das Buch selbst hat er hier gefunden, und war schon vieles hineingeschrieben.«

Da betrachtete die Jungfrau das Buch, nachdem sie den Fischer versichert hatte, daß sie nicht lesen könne, denn sonst hätte er es ihr nicht erlaubt, und sah sie mit großer Verwunderung, daß mehrere der ersten Pergamentseiten des Buchs oft halb von Perlemutter fest zusammengeschlossen waren; auch waren hie und da in der Schrift schimmernde feste Stellen, wie von zerflossenen Perlen. Da sie ihn fragte, was das sei, wiederholte er wieder: »Das will ich alles erzählen, wenn du deine Schwestern siehst.« Da schlug er ein Blatt auf, auf welchem der Abendstern abgebildet war, und las: »Wenn der Abendstern über dem Meere leuchtet und man singet *Ave maris stella*, so müssen die Lieder des Perlengeistes verstummen, und kann man von dem äußersten Felsen ohne Gefahr in das Wasserschloß sehen, wo der Becher von Thule zwischen zwei großen Platten von Bernstein eingewachsen ist; da sind viel Wunder zu schauen, aber wenn man dorten die Unglücklichen nicht sieht, so muß man in die Herzkammer der Steinernen Trauer gehen, da muß man leis die Decke des Bittern Brunnens erheben, wo man in die Kammer der Weinenden blicken mag.« Da schloß er das Buch und gab es der Jungfrau zu halten. Dann setzten sie sich vor die Hütte, und lehrte er sie das Lied. Da die Jungfrau aber vor sich nieder sah auf die glänzende Decke des Buchs, auf welchem des Himmels Abbild schimmerte, da rief sie plötzlich, nachdem sie das Lied ganz richtig nachgesprochen hatte: »Der Abendstern! Der Abendstern!« und blickte gegen Himmel. Zugleich sprang sie auf und bat den Alten, sie hinzufahren, wo sie ihre Schwestern sehen könnte. Da ging der Alte vorher und führte sie über manchen schlüpfrichen Pfad, durch Klippen und Felsen, die oft in bunten Farben schimmerten und wie Eis glatt waren, und beide sangen das Lied. Endlich kamen sie in ein altes Gemäuer, auf den äußersten Rand des Felsen gebaut; da hörten sie, wie das Lied des Perlengeistes vor ihrem verstummte, und blickten durch ein hohes Fenster hinab in den Strudel. Der war ruhig und klar, und schimmerte zwischen den tausendzackigen Felsen ein mildes Licht. Da sah sie den Becher von Thule zwischen zwei Bernsteinplatten aufrecht eingeklemmt, aber es waren ihre Schwestern nicht zu sehen, nur sah sie den Schleier der ältesten an einem Felsenhaken hängend. Da sagte der Schiffer: »So müssen wir sie im Bittern Brunnen suchen, der eine Kammer des Perlengeistes ist, denn er hat mancherlei Höhlen unter dem Felsen. Das alte Fenster ist das Fenster, von dem der König von Thule den Becher vor seinem Tode hinabwarf, den ihm seine Geliebte gegeben, wie in dem Buche steht. Nun will ich dich in die Steinerne Trauer führen.«

Nun gingen sie links immer auf Felsen hin, bis hin an eine große Klippe, da hörten sie Bäche rauschen, und die Jungfrau sprach. »Ach Gott, mir graut, denn ich sehe den Felsen wie ein trauriges Antlitz an dem hellen Himmel abgezeichnet.« Da sprach der Schiffmann: »Sei ruhig, dieses ist die Steinerne Trauer, ein Fels, der gleich einer liegenden weinenden Jungfrau gestaltet ist; aus ihren Augen fließen die Quellen, die du rauschen hörst, und hier ist das Gewölbe, ihre Herzkammer.« Da gingen sie in ein kleines Gewölbe, und der Schiffer steckte eine Lampe an. Da die Jungfrau aber an den Wänden hintappte, stieß sie mit dem Antlitz an etwas Kaltes, und da es Licht ward, sah sie vor sich das Bild einer sitzenden Jungfrau; auf ihrem Schoß lag ein toter Jüngling, und beide waren von einer dichten Masse verschmolzener Perlen überrindet, die aus der Jungfrau Augen wie Tropfenstein niederwuchsen und sich über die Erde verbreitet hatten. »Dies ist der Schöne Bettler und seine Braut, die seinen Leichnam und sich mit ihren Tränen kristallisiert hat. Aber jetzt helfe mir die Decke des Brunnens aufheben, und dann setze dich still an seinen Rand und sehe hinab.« Da hoben sie die Decke des Bittern Brunnens. Da saß eine große Menge Menschen, Männer und Frauen, in einem Zirkel unterm Wasser, und hatte jedes ein Becken vor sich und weinten. Da sah sie mit unendlichem Jammer auch ihre zwei Schwesterlein sitzen, die waren noch ganz frisch; die andern Gestalten sahen sehr alt aus, viele waren wie Fische mit Schuppen bedeckt und mit wildem Schilfhaar; da sah sie auch Herrn Peter von Stauffenberg sitzen, den die Meerfei getötet hatte, und Herr Regnard von Lusignan und viele andere. Die schauten alle nach ihren Schwesterlein; in der Mitten aber lag ein abscheulicher Wurm auf einer großen Muschel und schlief; aber keiner der Unglücklichen konnte schlafen, denn sie waren mit ihren Haaren in das Gestein gewachsen, und wenn sie mit dem Kopfe nickten, litten sie Schmerzen. So sah die Jungfrau lang hinab und weinte mit in ihren Schoß. Der Schiffer aber ging hinaus und sah nach dem Gestirn, und da er wiederkehrte, sprach er: »Jetzt gehe hinweg, denn ich muß den Brunnen schließen, weil ich sehe, daß ein Stern über dem Felsen steht, der heißt Wermut, von dem in der Offenbarung Johannis steht, und wenn er senkrecht über dem Brunnen steht, da erwacht der Perlengeist.« Da schlossen sie den Brunnen, und da die Jungfrau in ihren Schoß sah, lag er voller Perlen, die hatte sie geweint. Da sprach sie: »Ach, wie kommen die Perlen in meinen Schoß?« Da sprach der Schiffer: »Das sind deine Tränen, die du aus Mitleid um deine Schwestern geweint hast; solche Tränen sind köstlich wie Perlen, und da du vorhin mit deinem Antlitz an das Bild der schönen Bettlerin gerühret, haben sie auch die Gestalt der Perlen erhalten, und kannst du nun immer Perlen weinen und durch Kummer und Elend gar große weltliche Güter erwerben.« »Das will ich nicht«, sprach das Jungfräulein, »ich will hier bei dir bleiben und beten; aus den Perlen aber will ich einen Rosenkranz machen und ihn täglich für meine armen Schwestern beten, daß Gott sich ihrer erbarme«. Da lobte sie der Schiffer, und gingen sie nach Haus; es war schon Nacht, der Mond stand über dem Meere, die Quellen der Steinernen Trauer rauschten laut und wehklagend zwischen den Falten ihres Felsenkleides hinab, und der Stern Wermut ergoß einen bittern Glanz zur Erde.

Als sie nach Haus kamen und den Rest der Fische von Mittag gegessen hatten, sprach das Jungfräulein: »Nun, mein Lieber, sage mir die Geschichte des Schönen Bettlers und seiner Braut, und was mir sonst von der Insel zu wissen gut ist; denn ich will bei dir wohnen als eine Einsiedlerin oder als deine Tochter, und nach deinem Tod will ich wie du die Menschen hier warnen.« »Es ist gut«, sagte der Schiffer, »daß wir zwei sind, so ist die Insel doch nie ohne einen Schutzengel, wenn ich hinübergehe, zu beten und die Fische zu verkaufen. Daneben in der Kammer ist ein starkes Netz, in welchem eine Matte liegt, an der Decke ausgespannt, darin kannst du schlafen; oben an dem Dach aber ist eine Klappe, die du eröffnen kannst, wenn du schlaflos liegst, von da aus kannst du die Sterne sehen und freudiger beten.« Dann setzte er sich hin, schlug das Buch auf und las teils, teils erzählte er folgende Geschichte. Die Jungfrau aber zog sich mehrere ihrer langen blonden Haare aus, drehte sie in einen Faden und reihte ihre Tränen zu einem Rosenkranz an den Faden.

»Liebe Tochter«, sprach der alte Schiffer, »was von dem Ursprung dieser Insel, von der Entstehung der Felsen und vielen wunderbaren andern Geschichten in diesem Buche steht, wage ich dir nicht zu erzählen, und wenn du erst lange hier gewohnt hast und in Gebet und Tugend stark geworden bist, magst du alles selbst lesen ohne Gefahr. Denn du mußt wissen, der Schöne Bettler selbst ist durch die Lieder, die es enthält, in seiner Tugend wankend geworden und in Sünde gestorben. Was aber darin steht, sind die Lieder des Perlengeistes, die einige starke Seelen, welche in frühern Zeiten hier gewohnt, ihm abgehorcht und in das Buch geschrieben haben, um durch Erzählung derselben die Unglücklichen von ihrem Untergange abzuhalten. Sie enthalten teils die Geschichte des Perlengeistes bis vor der Sündflut, teils sind es die Geschichten der Unglücklichen, die in seine Gefangenschaft gefallen sind und das ewige Leben um zeitliche Lust hingegeben haben. Du sahst sie im Brunnen sitzen, und oft kürzen sie sich die jammervolle Zeit mit Erzählung ihrer Schuld. Der Perlengeist ist aber der Geist der weltlichen Eitelkeit und Liebe, der irdischen Freude und der sie begleitenden Trauer. Alle Menschen, die das Ewige vergessen über der Zeit, den Geist über dem Leib, sie werden der ewigen Sünde und der Trauer hingegeben. Und die da unten sitzen, sie müssen nur weinen, weinen und immer weinen, daß das Meer bitter werde, und so ernähren sie alles Gewürm und Ungeheuer des Meers und sitzen in der Bitterkeit ihrer Tränen. Aber in aller Trauer ist etwas Göttliches, denn die Trauer ist ein Streit gegen das, was der leiblichen oder geistlichen Vollkommenheit wehe tut, und so gibt es mancherlei Tränen. Die, welche in der Strafe um den Schmerz fließen, sind bitter und gesalzen; also weinen die Unglücklichen, die du sahst.« Da brach das Jungfräulein abermals in Tränen aus, und die Perlen rollten auf den Tisch. »Ach, so ist denn keine Rettung für meine armen Schwestern?«

Da fuhr der Schiffer fort: »Die Tränen aber eines Menschen liebenden Mitleids sind köstlich und sie verwandlen sich in Perlen, wie du siehst. Nun will ich dir aber sagen, was die göttlichsten Tränen sind. Es sind die Tränen der Andacht, welche fließen um das Leiden des Herrn, um die eigne Unvollkommenheit, um die Sünde der Welt und um das Lamm, welches sie getragen. Diese Tränen werden von der Sonne aufgeküßt, und morgens stehen sie als Perlen des Taues segnend auf den Auen, sie mehren die Gnade des Herrn und seinen Segen. Nun will ich dir aber noch sagen, daß wohl eine Rettung für die Unglücklichen ist; denn wie alle Trauer etwas Göttliches in sich hat, so haben auch ihre Tränen eine Perle in sich, aber sie müssen oft gar lange weinen, bis sie diese Perle weinen. Wenn sie sich endlich selbst vergessen, wenn sie ihren Schmerz gering halten für ihre Torheit und durch die Leiden ihrer Gesellen gerührt werden, dann hört ihre Empfindung auf; sie verwandlen sich in harte Muscheln, in denen eine Perle fest verschlossen ist, und dies ist ihre Träne des Mitleids. Nun muß ich dir aber noch sagen, wie unrecht es ist, sich selbst den Tränen der edleren Trauer unmäßig zu überlassen. Da diese Trauer doch immer ein Opfer ist, welches wir der Zeitlichkeit und ihrem Geschicke bringen, und nicht ganz göttlichen Ausgangs und Eingangs ist, so liegt auch in den Perlen noch etwas Weltliches und kann manch Böses dadurch entstehn, denn sie werden oft der Schmuck eitler Frauen und buhlerischer Jungfrauen, sie sind eine Zierde irdischer Kronen und haben hohen Preis in dem Kram niedrigerer Wucherer, die der Herr aus dem Tempel geworfen hat. So mehren sie die Sünde, oft aber werden sie auch zur Zierde heiliger Gewänder und Gefäße, zum Schmuck der Reliquien und der von frommer Kunst gebildeten Kreuze und Marienbilder gebraucht, und so mehren sie die Andacht. Also hat der Herr diese Früchte der Weltlichkeit wieder der Freiheit der Menschen übergeben, denn er ist gerecht. Und darum schließen die Muschlen sich so fest um die Perlen und geben sie nur, wenn man sie erbricht und tötet, weil sie lieber sterben wollen als von neuem Böses stiften. Da sie seine Strafe, unendlichen Schmerz, fürchten, leiden sie seine Folge, die Vernichtung, und gehen über in die Materie. So sind sie aus einem Ebenbilde Gottes zurückgegangen in den rohen Stoff, weil sie sich von dem Schöpfer zur Kreatur gewendet haben.

Von der Steinernen Trauer aber will ich dir folgendes erzählen: Sie war, ehe der Herr in seinem Zorn die Menschen und Tiere von der Erde vertilgt hatte, eine herrliche Königin, nahm sich aber solches Stolzes an, daß sie ihre Schönheit der göttlichen gleich pries, und ließ sich und ihren Kindern Opfer bringen. Da trafen die Blitze Gottes ihre Kinder, und sie begann in unsäglichem Jammer zu weinen; eine ihrer Töchter hatte sich früher einem bösen Geiste des Meeres verbunden, denn die Menschen hatten in Blindheit und Laster ihr göttliches Ziel aus den Augen verloren, und alle Geschöpfe hatten sich untereinander verwirrt. Da die unglückliche Königin ihre Kinder verloren hatte, lag sie weinend am Meer und flehte nach dieser ihrer Tochter; aber sie kehrte nicht nach ihr zurück, denn sie fürchtete die Blitze des Herrn. Da aber bald hierauf die Erde von der Wasserflut gereiniget wurde, da war das ganze menschliche Geschlecht wieder in die Erde und das Gestein aufgelöst, und alle Berge, Klippen und Quellen waren dem neuen Geschlecht in wunderbaren Gestalten als warnende Bilder zurückgeblieben; so auch ist dieser Fels in Gestalt eines weinenden Weibes hervorgekommen; ihre Tochter aber wühlte unter den Steinen zu ihr herauf und hat den Bittern Brunnen unter dem Gewölbe in ihrer Herzkammer gebildet; sie aber liegt da als ein ewiges Denkmal weltlichen Stolzes und weltlichen Elends, und aus ihren Augen rinnen zwei Quellen, die ins Meer fließen. Der Perlengeist aber ist ein Nachkomme dieser Königstochter und des sündlichen Geschlechts der irdischen Lust, gegen die wir ewig kämpfen müssen, um als Sieger das ewige Leben zu gewinnen; denn nach dem Fall des ersten Menschen ist Kampf das Los des Menschen, denn der Herr sprach: ›Du sollst dein Brot im Schweiße des Angesichts erringen.‹ Er erscheint aber bald als ein Weib, bald als ein Jüngling und zieht durch seine liebliche Musik die Menschen zu sich hinab ins Verderben; oft auch hat er sich als eine liebliche Jungfrau in heimliche Ehe auf Erden begeben und edle Männer mit weltlicher Liebe und Treue und großen Glücksgütern von dem rechten Wege scheinheilig geführt. Wenn ihre Gatten aber sich gesammelt und zu wissen begehrt, wer sie sei, hat sie dieselben verlassen und ihren baldigen Tod verursacht. So sitzt Herr Raimund von Poitier, Herr Peter Diemring von Stauffenberg im Bittern Brunnen, welche sie als Melusine betrogen; auch ein armer Fischer weint da unten, den sie hinabgelockt mit schönen Lügen; und den König von Thule, der vor langer Zeit hier ein Schloß hatte, kannst du auch im Brunnen sehen und sein Lied singen hören. Er hat lange mit einer schönen unbekannten Jungfrau in unordentlicher Liebe gelebt, die ihn sehr geliebt; da er aber in sie gedrungen, ihren Namen zu nennen, ist sie vor Gram gestorben und gab ihm einen goldnen Becher, den er nun über alles liebte, und so hat sie ihn noch nach ihrem Verschwinden bis an sein Ende verstrickt. Da er nun sterben wollte, reiste er hierher auf sein Schloß, wo er sie zuerst gesehn, und warf vor seinem Tode den goldnen Becher hinunter in die Flut, wo du ihn gesehen. Er selbst aber ließ sich in ein Felsengrab legen, das nicht mehr gefunden wird, da es der Geist unterwühlt hat. Und nun will ich von dem Schönen Bettler sagen.

Drüben am Ufer lebte einst ein armer Fischer; er war sehr arm, aber arbeitsam und lebte vergnügt; er hatte nur einen Kummer, das war sein Sohn. Dieser war ein wunderschöner Jüngling, auch fromm und tugendhaft, aber er wollte nie mit seinem Vater fischen, ja warf ihm sogar oft die gefangenen Fische wieder heimlich ins Wasser, und wenn ihn der Vater darum strafte, so sagte er: »Das will ich gern leiden, wenn nur die armen Fische wieder glücklich sind.« So bezeugte er ein seltsames Mitleiden gegen alle Tiere und wollte überhaupt kein Gewerbe ergreifen. Er hütete die Schafe auf den Hügeln, am liebsten aber die Gänse am Meer, denn wenn er ein Schaf dem Fleischer abliefern sollte, so weinte er wie ein Kind, und einmal, da er wußte, morgen würden viele seiner wollichten Freunde zum Tode geführt werden, führte er in der Nacht die ganze Herde auf einsames Gebürg, um sie zu retten. So daß man ihn dieses Amtes entsetzen mußte. Der Vater hielt ihm seine Torheit mit harten Worten vor und bat ihn, der Schwanen, Gänse und Enten am

Meeresstrand mit mehr Menschenverstand zu hüten, und mit Vergnügen übernahm er sein neues Amt, denn er liebte sehr im Meere herumzuschwimmen, und das tat er nun mit seinen Freunden um die Wette. Aber da nun sein Vater sah, daß er immer im Wasser lag, bat er ihn herzlich, nie darin zu schwimmen, ohne Gott vorher anzurufen; ›denn‹, sagte er, ›ich bin einst in großes Unglück dadurch geraten.‹ Bei allem dem liebte er ihn herzlich, denn er war so schön, daß man ihn nicht ohne große Liebe ansehen konnte, und wer ihn sah, der dankte Gott für seinen Anblick und bedauerte, daß er sich zu keinem Geschäfte schicken wollte. Er aber bekümmerte sich um nichts, war stolz und nahm kein Geschenk an; auch war er nicht faul, sondern in beständiger Arbeit mit seinen Gedanken, nur tat er nichts von allem dem, was man so unter den Leuten Arbeiten nennt. Er flocht sich ein künstliches Schilfhaus, schnitt sich Flöten und blies sie auf die lieblichste Art; oft lag er ganze Nächte unter freiem Himmel und sah die Sterne an, die ihn sehr erfreuten; auch erfand er wunderschöne Lieder und sang sie mit entzückender Stimme. Kräuter, Steine und Muscheln betrachtete er mit großer Aufmerksamkeit, machte sich wunderbare Gedanken darüber und legte sie oft in eine Ordnung an die Erde, wie er die Sterne am Himmel sah. So war er bereits achtzehn Jahre alt geworden und konnte noch nicht lesen und schreiben. Aber seine Religion hatte er sehr gut im Gedächtnis und im Herzen; denn morgens, wenn er am Meer saß vor Tag, da kam ein alter Einsiedler von der Insel nach jener Kapelle gefahren, wo du mich heute fandst, mit dem hatte er Freundschaft aufgerichtet, und dieser unterrichtete ihn mündlich von allem, wenn sie in der Kapelle gebetet hatten. Sein Vater war aber gar alt und fühlte sein Stündlein nahen. Da rief er seinen Sohn an sein Lager, um mit ihm vor seinem Ende nochmals herzlich zu reden.«

Hier unterbrach sich der Schiffer und sagte zu dem Jungfräulein, welches gar aufmerksam zuhörte: »Komme mit mir ans Fenster.« Da zeigte er ihr nach der Meerseite hinaus weit in der Ferne ein Licht und sprach: »Sieh, dort wo das Licht scheint, liegt auf einer Insel ein Schloß; das gehörte einst mein, dort wohnte mein Weib und meine Tochter!« Dabei flossen ihm einige Tränen von den Augen, die auch Perlen waren. Da machte er den Laden zu und gab der Jungfrau die Perlen mit den Worten: »Reihe diese Tränen auch in deinen Rosenkranz und bete sie immer zum Heil meiner Seele, wenn ich nicht mehr bin. Ich habe lange nicht da hinaus gesehen, lange nicht von den Meinigen geredet und will es auch nie wieder, wenn ich dir die Geschichte erzählt habe.« Dann fuhr er fort:

»Ich kannte den alten Fischer gar wohl, er fuhr mich oft nach dem Schloß zurück, wenn ich auf dem festen Lande gewesen war; und da ich einstens Frau und Kind gesegnet hatte, um eine Fahrt ins Heilige Land zu tun, kam ich morgens in seine Hütte, auch von ihm Abschied zu nehmen und ihn einzuladen, manchmal die Meinigen in der Abwesenheit im Guten zu ermahnen. Da ich aber hereintrat, wollte der Alte grade sterben, und kniete der Schöne Bettler vor seinem Lager. Der Vater unterbrach seine Ermahnungen an seinen Sohn, der kein Wort redete, und nahm im wahren Sinne des Worts Abschied von mir. Dann fuhr er in seiner Rede an seinen Sohn fort und sprach ihm besonders wegen seinem Müßiggang in die Seele, und vor allem stellte er ihm seine Schönheit vor und die Gefahr, die er laufe, in weltlicher Liebe zugrunde zu gehen. ›O mein Sohn‹, sprach er, ›verweile nie ohne Geschäft zur bloßen Lust in den Wellen dieses Meeres; denn dort drüben wohnt in den Klippen eine Sirene, die weltliche Lust und Liebe, die dich hinabziehen kann mit ihrem süßen Gesang in den Strudel der ewigen Trauer.‹ Da begann der Sohn ihn anzureden und sprach mit einer wunderbaren Begeisterung und einer rührenden Weisheit zu meiner und des Vaters Verwunderung, denn wir hatten ihn, wie alle Welt, für einen törichten Menschen gehalten. ›Teurer Vater‹, sprach er, ›Ihr brechet das Siegel meiner Lippen, denn Ihr brechet mein Herz. O, fasset die wenigen Minuten Eures Lebens, Euch mit Eurem Gott auszusöhnen, und nehmet den einzigen Dank, den ich Euch für alle Eure Liebe geben kann, nehmt aus meinen Worten die Versicherung mit in Euer Grab, daß Euer Sohn nicht als eine Beute seiner Torheit zurückbleibt; denn erfahret aus meinen Worten, daß ich gedacht habe und in der Seele gearbeitet, wenn mich gleich Ihr und das Volk den müßigen Toren nannten.‹ Und nun begann er mit einer so erquickenden Art seinem sterbenden Vater von der Ewigkeit, von Gott und seiner Barmherzigkeit zu reden, daß der Alte und ich in Tränen zerflossen. Er aber war sehr ernst und freudig wie ein Engel, und da er seinen Vater gar sehr bewegte, sprach dieser: ›O mein Gott, wie herrlich ist dein Todesengel!‹ Dann ward der Alte unruhig und schien etwas Schweres auf dem Herzen zu haben, aber die Sprache fehlte ihm. Da ergriff sein Sohn ein Saitenspiel, das er sich selbst über eine Muschel gespannt hatte, und sang ein wunderbares beruhigendes Lied, daß sein Vater ruhig sterben möchte. Dieser sah ihn nochmals an, sehr wehmütig, und stammelte das Wort ›Sirene‹ und entschlief. Der Sohn küßte ihn und weinte nicht. Da umarmte ich diesen Menschen und fragte ihn, ob er mir auf meiner Reise folgen wollte. Er sprach aber: ›Gestern hätte ich es getan, aber jetzt will ich beten.‹ Ich wollte ihm einen Beutel mit Geld geben, aber er ward unmutig und sprach: ›Soll ich hier bei dem Tod für mein Leben sorgen?‹ Da sprach ich: ›Aber morgen willst du leben?‹ Da sprach er stolz: ›Ich will bettlen!‹ und verließ mich; worauf ich das Geld in den Kasten seines Vaters legte, damit er es als sein Erbe ansehen möge, und mich nach dem Hafen begab, wo mich die Schiffer längst erwarteten. Da sein Vater begraben ward, gingen viele arme Leute, seine ehemaligen Freunde und Standesgenossen, mit dem Zug, und der Sohn hielt eine Rede an seinem Grabe, die alle die alten Leute in Verwunderung setzte. Nachher lud er sie alle zu sich in seine Hütte ein und verschenkte alles das wenige Geräte, was sein Vater zurückgelassen hatte, und bat sie, des Verstorbenen dabei zu gedenken. Auch sogar die Türen und Fenster waren von seiner Freigebigkeit nicht sicher, und nachdem nichts Bewegliches mehr übrig war, begab er sich an das Meer und stürzte sich fröhlich hinein. Noch sahen alle die Beschenkten mit stummer Verwunderung ihm nach, wie er fortschwamm, als hinter ihnen die Hütte in Rauch aufging, denn er hatte Feuer in das Strohdach gelegt. Dann kehrten sie in die Stadt zurück und erzählten, wie der müßige Tor sich ertränkt habe.

Mit leichter Mühe gelangte der rasche Schwimmer auf diesen Felsen zu seinem Freunde, dem Einsiedler, aber in den Wellen gedachte er ernstlich der Ermahnung seines Vaters und betete fromm, daß er nicht in den Strudel kam. Nun verließ er die Insel nicht mehr und genoß einige Jahre den Unterricht des Einsiedlers über alles, was ich dir gesagt habe. Nie aber ließ ihn dieser an jenen Rand der Klippe, wo sich der Geist aufhält, weil er ihn noch nicht für stark genug hielt, seine Lieder zu ertragen. Während dieser Zeit schwamm er oft hinüber ans feste Land, für sich und den Einsiedler zu betteln; aber er kam nie vor die Hütten derer, denen er sein Habe verschenkt hatte; er begehrte auch nie mit Demut, sondern mit einer so edlen Ruhe, daß ihm jedermann gern gab, ja man erwartete ihn, man ging ihm entgegen seiner großen Schönheit wegen, und nun hieß er allgemein der Schöne Bettler. Der Einsiedler ging nun nicht mehr nach dem festen Lande in die Kapelle, denn der Schöne Bettler richtete ihm einen Altar und ein Kreuz in einer Grotte auf, die ich dir morgen zeigen will. Da er diesen Betort fertig hatte, fehlte ihm nur noch ein Kelch, denn der Einsiedler war ein Priester; und da ihm dieser von dem Becher von Thule gesprochen hatte, so konnte er der Versuchung nicht länger widerstehen, als der Alte entschlafen war, sich hin nach den alten Ruinen zu begeben, wo ich dich hingeführt, um zu sehen, ob er den Becher nicht erhalten könne. Kaum aber hatte er sich dem alten Fenster genähert und zwar mit seinem Saitenspiel in der Hand, als vor ihm ein wunderschönes Weib aus der Flut tauchte und mit allen Liebesmächten des Gesangs, der Gebärde und des Lieds ihn bezaubern wollte; er aber ließ sich nicht stören, sondern begann mit seiner nicht minder schönen Kunst ihren Liedern und ihrem Begehren Hohn zu singen. Da begann endlich der Geist, gar kläglich zu tun und mit rührenden Gebärden ihn anzureden: ›Was begehrest du von mir, daß du mich verspottest?‹ Da erwiderte der Schöne Bettler: ›Ich begehre den Becher, der hier unten liegt.‹ Da sprach der Geist: ›Gibst du mir den Ring dafür, den du am Finger trägst, so sollst du den Becher haben.‹ Der Schöne Bettler wollte den Ring nicht geben, denn sein Vater hatte ihn getragen, und sagte dies. Da sprach der Geist: ›O mein Sohn, willst du deiner Mutter den Trauring nicht wiedergeben?‹ ›Wenn dem so ist‹, sprach er da, ›verflucht die Minute, die ich ihn länger am Finger trage; gib den Becher, hier ist der Ring!‹ Er warf ihn hinab, aber der Geist lachte ihn aus und gab den Becher nicht. Da erzürnte der Bettler und faßte eine ganze Wand der Ruine im Grimm und stieß sie hinab auf das Gespenst, daß das Wasser in die Höhe schlug. Mit großem Unwill kehrte er nun zurück und trocknete sich die Wangen ab, denn die Wellen hatten ihn bespritzt. Plötzlich blieb er aber stehn und dachte daran, daß sein Vater ihm nie von seiner Mutter geredet, daß er ihn immer so geheimnisvoll vor jenem Strudel gewarnt, daß er noch sterbend ihm das Wort ›Sirene‹ zugerufen. Da ward er sehr traurig und ging in die Grotte an den Altar und betete unter heftigen Tränen für seinen Vater und flehte zu Gott um Stärke, gegen die Lockungen seiner Mutter zu kämpfen.

Nach einem Jahr starb der Einsiedler, und der Bettler begrub ihn in der Kapelle. Nun begann der Zurückgebliebene eine ganz neue Ordnung. Der Einsiedler hatte, wie noch ich, die Gewohnheit, unglückliche Verirrte zu warnen, daß er, wenn er ein Schifflein oder einen Schwimmer sich nahen sah, denselben entgegenfuhr und sie warnte; er aber setzte sich in seinem Saitenspiel ans Ufer und zersang mit unaussprechlicher Kunst die lockenden Lieder der Sirene, und man könnte sagen, daß, wo die Torheit der Verirrten übergroß war, das Rechte zu erwählen, er dieselben zum Guten verführte. Auch vermied er nicht, dem Wassergeist zu begegnen, er war so stolz, daß er ihn rief und mit ihm sprach, ihn auch wohl gar mit seinen Gesängen selbst zu bekehren suchte.

So lebte der Bettler lange und stiftete viel Gutes, aber es erzeugte sich in seiner Seele eine unendliche Wißbegierde, den ganzen Ursprung des Bösen zu wissen, um es gründlich bekriegen zu können, und dabei fühlte er nicht, daß er schon weit von der Demut entfernt war und sich ein geheimer Stolz seines Herzens bemächtigte. Er begab sich nun oft in die Herzkammer der Steinernen Trauer, deckte den Bittern Brunnen auf und lauschte auf die Gesänge der Verlornen, ja er begann sich in den Felsen dort ein geräumiges Lager zu meißeln, wo er ganze Nächte lag und lauschte, statt daß er wie ehedem in dem Netze geschlummert, welches ich dir heute zur Schlafstelle angewiesen habe, und dem Gesang der Sphären zugehört. Da er aber sein Lager dort erweitern wollte, fand er das Buch in einer Öffnung des Felsens verschlossen. Freudig lief er damit nach der Hütte, betrachtete die schimmernde Decke und, da er es öffnete, bedauerte er zum erstenmal, nicht lesen zu können. Besonders aber wunderten ihn viele Abbildungen von Gestirnen, die, mit den heidnischen Sternbildern bezeichnet, mit wunderbar schimmernden Farben ausgeziert waren. Dann fand er zwischen dem Geschriebenen ganz unzählig viele Bilder von mancherlei Geschichten, Könige, Ritter und Jungfrauen von so fremder Gestalt und Tracht und mit so reizenden Händen begriffen, daß er den ganzen Tag über dem Buche gesessen hatte, als ihm plötzlich einfiel, daß er noch gar nicht auf der Wache gewesen sei. Er verschloß daher sein Buch, so sorgsam er konnte, und eilte nach der Ruine. Kaum war er dort angekommen, als der Wassergeist sehr bestürzt und traurig erschien und ihn fragte, ob er ihm nicht ein Buch entwendet hätte? ›Ja‹, sagte der Bettler, ›ich habe ein Buch gefunden, welches wahrscheinlich der Einsiedler zurückließ, und das du, Lügengeist, dir gerne zueignen möchtest.‹ ›Ach‹, klagte die Sirene, ›dies Buch ist das edelste Kleinod, das ich besaß; es ist die Chronik meines ganzen Stammes, und sicher darin all meine Natur und mein Kalender, alle meine Kunst und Wissenschaft, die Geschichte aller derer, die sich mir ergeben, meine Lieder und der Geburtstag meiner Kinder.‹ ›Wenn ich das Blatt finde, worauf das letzte steht, was du beklagst‹, sprach der Bettler zornig, ›so will ich es zerreißen und dir wiedergeben.‹ Der Geist flehte noch lang, der Bettler aber sprach: ›Ich nehme das Buch für meinen Ring, den du mir abgeschwätzt hast; ich will deine Geschichte studieren und dir dann Anmerkungen dazu machen und ein Register, das dich so peinigen soll, daß die Geschichte ein Ende kriegt‹, und nun ging er zurück. Nun lächelte der Geist für sich, denn die Schlinge zu des Bettlers Verderben war gelegt.

Da er nach Haus kam, schlug er gleich das Buch wieder auf, und seine Begierde, darin lesen zu können, wuchs ungemein. Und wer sollte es ihn lehren? Nach der Stadt wagte er mit diesem Schatze nicht zu gehen, weil er fürchtete, er möchte ihm geraubt werden; er warf also seine Augen nach jenem Inselschloß, wo er vorher nie gewesen war. Er nahm sein Saitenspiel mit und schwamm hinüber. Die Jungfrau des Schlosses befand sich in einem Garten. Der Schöne Bettler ging ruhig auf sie zu. Seine Schönheit bestürzte die Jungfrau, sie hatte nie einen Mann gesehen außer ihrem Vater, der abwesend war, und einigen Dienern. Sie fragte den Jüngling, was er wolle. Er bettelte Brot und Obst. Sie eilte, es ihm zu bringen, und bebte, ihn anzuschauen. Dann fragte sie ihn über seine Heimat und warum er bettle; aber er sprach nur wenig und bat sie, ihm zu sagen, ob niemand auf der Insel wohne, der ihn lesen und schreiben lehren könne. Die Jungfrau sprach: ›Hier ist niemand, der es kann als ich; aber ob ich es lehren kann, weiß ich nicht.‹ Der Bettler antwortete: ›Hier kann es mir auch nicht helfen, denn ich kann das Buch nicht mitbringen, das ich lesen möchte.‹ Und nun beschrieb er ihr das Buch. Da geriet die Jungfrau in ein seltsames Entzücken, ihn anzuschauen, und als er ihr einige Lieder sang, die sein Vater immer gesungen hatte, mußte er weinen. Da sah sie, daß er Perlen weinte, und ward ganz wie unsinnig um ihn. Er aber bat sie, ihn doch lesen und schreiben zu lehren; sie solle nachdenken, wie sie es machen wolle, morgen werde er wieder kommen, und dann stürzte er sich wieder ins Meer und kehrte zurück. Für die Jungfrau war nun alle Ruhe verloren, sie konnte nicht mehr leben und nicht sterben, so heftig hatte sie das Wesen des Schönen Bettlers entzündet, und da er am folgenden Tage wiederkam, versprach sie, ihm durch die Wellen zu folgen, wenn er harren wolle, bis ihre Mutter zu Bette sei. Der Bettler harrte, die Jungfrau traf einige Vorkehrungen und schwamm mit dem Bettler hinüber. Kaum war sie in seiner Hütte und kaum hatte er ein prasselndes Feuer angezündet, als er auch gleich das Buch aufschlug und ihren Unterricht begehrte. Die unglückliche Jungfrau konnte noch kaum von ihrem ganzen Beginnen, von ihrer Leidenschaft, von ihrem Verbrechen an ihrer Mutter zu Sinnen kommen, als sie ihn schon unterrichten mußte. Er lernte mit unendlichem Fleiß, und sie lehrte ihn die Buchstaben kennen; dann mußte sie ihm noch eine Geschichte aus dem Buche lesen, er dankte ihr, gab ihr etwas zu essen und führte sie wieder hinab an das Ufer und führte sie durch die Wellen zurück. Da versprach sie ihm, daß er sie so oft holen könne, als er eine Flamme an der Gegend des Ufers gewahr werde, wo sie heute gelandet wären. Aber ihre Liebe hatte sie nicht gewagt ihm zu gestehen. Am folgenden Morgen stand der Jüngling früh auf und beging den ersten Mord, er schnitzte einen Bogen und erschoß einen Seevogel, um eine Feder zum Schreiben zu haben. Mit dem Blute des Vogels begann er die Buchstaben, die er kannte, nachzumalen. Abends sah er, sobald es dunkel ward, die Flamme und holte seine Lehrerin; sie kam ihm schon in den Wellen entgegen, und da sie bemerkte, daß er still vor sich redete, fragte sie ihn, warum. Da sagte er ihr, daß man in diesen Gewässern nicht sein dürfe, ohne zu beten. Da sagte sie: ›Ach, Lieber, wenn du nicht betetest, ich glaube, dann wärst du der Wassergeist selbst.‹ Sie lasen abermals; die Geschichten waren wunderbar süß und giftig; dem Bettler waren sie nicht gefährlich, denn er war lauter Nachsinnen, aber die Jungfrau lehrte ihr eignes Verderben. Bald kam sie allein geschwommen, wenn er ihr eine Lampe an einer hohen Stange am Ufer aufrichtete, und der Bettler konnte bereits lesen und schrieb nun auch seine eignen Gesänge in das Buch; auch malte er sich die Sternbilder anders und nach seiner Weise.

Die Liebe der unglücklichen Jungfrau zu dem Schönen Bettler stieg mit jedem Tage, da sie ihn wiedersah, aber sie wagte es ihm nie zu sagen, so fern schien es ihm zu sein, ihr Unglück zu vermuten. Da sie nun einst zu ihm kam und ihn nicht in der Hütte fand, schrieb sie das Geständnis ihrer Liebe in das Buch, und zwar in Form einer Weissagung, daß eine Jungfrau von hohem Stande mit Lebensgefahr ihn lieben und an dieser Liebe sterben werde, wenn er sich ihrer nicht erbarmte; und nun kehrte sie allein zurück. Aus Schüchternheit hatte sie diese Worte an eine Stelle geschrieben, wo er sie nicht gleich bemerkte. Den folgenden Tag steckte er seine Lampe aus, die Sirene aber machte einen Nebel um die Insel, und die Jungfrau konnte das Licht nicht sehen und war sehr traurig, nicht gerufen zu sein. Als sie nun den folgenden Tag auch nicht kam, schwamm er hinüber; aber an dem Ufer fand er viele Menschen beschäftigt, im Wasser zu suchen, und da er fragte, hörte er den Jammer der Menschen, daß die Jungfrau des Schlosses vermißt werde und man fürchte, daß sie ertrunken sei. Wie ein Pfeil kehrte er zu den Klippen zurück, er suchte rings am Strande und fand sie zu den Füßen der Steinernen Trauer mit gefalteten Händen tot von der Flut ausgeworfen. Er trug sie in die Felsenkammer, er ergriff alle Mittel, sie zu beleben; endlich fiel ihm ein, daß in seinem Buche mancherlei Arzneien stünden; er eilte nach Haus und suchte und fand das Geständnis ihrer Liebe; er nahm das Buch und eilte wieder zu ihr in die Höhle, und als er ihre Hand auf die Stelle gelegt hatte, flossen als Beteuerung einige Perlen-Tränen aus ihren Augen. Eine unendliche Trauer ergriff ihn, da hörte er im Bittern Brunnen singen:

> Eile! Eile hin nach Thule,
> Suche auf des Meeres Grund
> Jenen Becher! Deine Buhle

Trinkt sich nur aus ihm gesund.

Er eilte nun hin an den Strudel, er war auf dem Punkte, sich hinabzustürzen, als sich ihm der Geist zeigte: ›Willst du mir mein Buch noch nicht wieder geben?‹ sprach er hohnlächelnd. ›O hätte ich es nie aus deinen Händen genommen!‹ erwiderte der Fischer. ›Gib mir den Becher, daß ich die Jungfrau wieder zum Leben bringe.‹ ›Ja‹, sagte der Geist, ›wenn du mit ihr zu mir herabkommen willst, so will ich dich als meinen Sohn aufnehmen; beuge dich nieder, daß ich dir den Becher gebe.‹ Der Jüngling beugte sich nieder, und der Geist schlug ihm mit dem Becher so heftig an die Stirne, daß sein Blut niedertroff. Er taumelte zurück, und da er zu dem Leichnam seiner Geliebten kam, nahm er ihn auf seinen Schoß und weinte, weinte nieder; und auf seiner Geliebten lag das Buch aufgeschlagen, wo sie hingeschrieben hatte, daß sie ihn liebte, und wie er so auf das Buch weinte, sah er Zeilen zwischen den andern erscheinen. Da stand sein ganzes Geschick geschrieben, und daß der Geist ein falsches Licht im Meere gemacht habe, nach dem die Jungfrau geschwommen und ertrunken; da weinte er immer mehr und ritzte sich die Adern und schrieb ein kurzes Lied von seinem Untergang, warnte vor dem Geist und weinte immer, immer in unendlicher Trauer, bis er in der Herzkammer der Steinernen Trauer sich und seine Geliebte also in Tränen verhärtet hatte, wie du gesehen. So ist die Geschichte des Schönen Bettlers und – meiner Tochter. Da ich aus dem Heiligen Lande zurückkam in Gestalt eines Pilgers, fand ich mein Weib tot. Sie war aus Kummer über meine Tochter gestorben, das Schloß war in den Händen meiner Verwandten; so gab ich mich auch nicht zu erkennen und begab mich nach dieser Insel, um hier meine Tage zu beschließen. Erst nachdem ich lange hier gewohnt, entdeckte ich die beiden Unglücklichen und das Buch, über welches sich seine Tränen also verbreitet haben, wie du an den schimmernden Stellen siehst.«

Da ward der alte Schiffer gar still; die Jungfrau aber begann den Rosenkranz, den sie vollendet hatte, laut und von Herzensgrund zu beten, und er antwortete ihrem Gebet.

So lebten sie eine lange Zeit miteinander, und täglich ging das Jungfräulein an den Bittern Brunnen und sah ihre Schwestern und betete und weinte so lange, bis sie einen großen Schatz von Perlen hatte, den gab sie dem alten Schiffer und bat ihn, ein Kloster darum auf den Felsen bauen zu lassen. Das tat der Schiffer, und da das Kloster fertig war zu Ehren der büßenden Magdalena auf dem einen Felsen, ward die Jungfrau Äbtissin darin; auf dem andern erbaute der Fischer ein Mönchskloster zu Ehren der Schmerzhaften Maria; und so lag der Strudel des Perlengeistes zwischen diesen beiden christlichen Kastellen, und alle Frauen und Männer dieser Klöster sind Gerettete aus dem Strudel der Welt und leben noch fromm, da ihre Stifter längst im Rufe der Heiligkeit zu Gott gegangen sind. Da sie aber starben, befahlen sie, daß man ihre Leichname in die Herzkammer der Steinernen Trauer tragen und, nachdem sie dort einige Tage gestanden, sie beerdigen solle. Unter großer Trauer trugen die Mönche den alten Fischer und die Nonnen die Jungfrau in die Grotte und knieten davor nieder mit Beten und Singen bis zur Nacht, da nur ein einziger zurückblieb, am Eingang zu wachen. Um die zwölfte Stunde aber hörte dieser ein wunderbar Geräusch und sah die Grotte von Menschen erfüllt; er sah die zwei törichten Jungfräulein aus dem Brunnen steigen und bei dem Leichnam ihrer Schwester niederknien. Die Geliebte des Schönen Bettlers stand auf und kniete vor ihrem Vater nieder; auch der Schöne Bettler erhob sich und schlug dreimal in sein Saitenspiel: da stiegen aus dem Brunnen Raimund von Portiers und der Stauffenberger, sie trugen den König von Thule auf ihren Schultern, der einen langen silbernen Bart hatte, dann folgte ein Fischer und unzählige andere, wie sie in dem Buche abgebildet zu sehen sind. Sie versammelten sich alle und redeten kein Wort und bewegten sich wenig, nur der Bettler schlug heftige Schläge in die Saiten; da rührte es sich heftig in den Felsenadern der Steinernen Trauer, sie wollte sich aufrichten, das Gewölb zerbrach, der Bettler zog voran, die Geister ergriffen die Leichname der Verstorbenen, und so zogen sie durch die Öffnung des Felsen hinaus, um die Insel herum und dann fort über die Wellen hin, wo sich eine Wolke in der Gestalt eines Schiffes niedergelassen hatte, das sie bestiegen, und verschwanden.

Indes war ein Stern senkrecht über den Bittern Brunnen gekommen und schien durch die Öffnung grade hinunter; er brannte wie eine Fackel und fiel in den Brunnen hinunter, und sein Nam ist Wermut. Da ward der Brunnen und das Meer also bitter, daß der Geist mit Wehklagen aus diesen Gegenden entfloh.

## Über tredition

### Eigenes Buch veröffentlichen

tredition wurde 2006 in Hamburg gegründet und hat seither mehrere tausend Buchtitel veröffentlicht. Autoren veröffentlichen in wenigen leichten Schritten gedruckte Bücher, e-Books und audio-Books. tredition hat das Ziel, die beste und fairste Veröffentlichungsmöglichkeit für Autoren zu bieten.

tredition wurde mit der Erkenntnis gegründet, dass nur etwa jedes 200. bei Verlagen eingereichte Manuskript veröffentlicht wird. Dabei hat jedes Buch seinen Markt, also seine Leser. tredition sorgt dafür, dass für jedes Buch die Leserschaft auch erreicht wird.

Im einzigartigen Literatur-Netzwerk von tredition bieten zahlreiche Literatur-Partner (das sind Lektoren, Übersetzer, Hörbuchsprecher und Illustratoren) ihre Dienstleistung an, um Manuskripte zu verbessern oder die Vielfalt zu erhöhen. Autoren vereinbaren direkt mit den Literatur-Partnern die Konditionen ihrer Zusammenarbeit und partizipieren gemeinsam am Erfolg des Buches.

Das gesamte Verlagsprogramm von tredition ist bei allen stationären Buchhandlungen und Online-Buchhändlern wie z. B. Amazon erhältlich. e-Books stehen bei den führenden Online-Portalen (z. B. iBookstore von Apple oder Kindle von Amazon) zum Verkauf.

Einfach leicht ein Buch veröffentlichen: **www.tredition.de**

## Eigene Buchreihe oder eigenen Verlag gründen

Seit 2009 bietet tredition sein Verlagskonzept auch als sogenanntes "White-Label" an. Das bedeutet, dass andere Unternehmen, Institutionen und Personen risikofrei und unkompliziert selbst zum Herausgeber von Büchern und Buchreihen unter eigener Marke werden können. tredition übernimmt dabei das komplette Herstellungs- und Distributionsrisiko.

Zahlreiche Zeitschriften-, Zeitungs- und Buchverlage, Universitäten, Forschungseinrichtungen u.v.m. nutzen diese Dienstleistung von tredition, um unter eigener Marke ohne Risiko Bücher zu verlegen.

Alle Informationen im Internet: **www.tredition.de/fuer-verlage**

tredition wurde mit mehreren Innovationspreisen ausgezeichnet, u. a. mit dem Webfuture Award und dem Innovationspreis der Buch Digitale.

tredition ist Mitglied im Börsenverein des Deutschen Buchhandels.


## Dieses Werk elektronisch lesen

Dieses Werk ist Teil der Gutenberg-DE Edition DVD. Diese enthält das komplette Archiv des Projekt Gutenberg-DE. Die DVD ist im Internet erhältlich auf **http://gutenbergshop.abc.de**

Zeitfracht Medien GmbH
Ferdinand-Jühlke-Straße 7
99095 Erfurt, Deutschland
produktsicherheit@kolibri360.de